STORIES FROM SAGAS OF KINGS

STORIES FROM SAGAS OF KINGS

Halldórs þáttr Snorrasonar inn fyrri
Halldórs þáttr Snorrasonar inn síðari
Stúfs þáttr inn meiri
Stúfs þáttr inn skemmri
Völsa þáttr
Brands þáttr örva

WITH INTRODUCTION, NOTES

AND GLOSSARY BY

ANTHONY FAULKES

VIKING SOCIETY FOR NORTHERN RESEARCH
UNIVERSITY COLLEGE LONDON

First published 1980 as
Stories from the Sagas of the Kings

©Viking Society for Northern Research

New edition, with introduction, notes and glossary corrected and
reformatted and minor additions 2007

ISBN: 978-0-903521-72-7

Printed by Short Run Press Limited, Exeter

CONTENTS

Abbreviated references vi
Introduction vii
Halldórs þáttr Snorrasonar inn fyrri 3
Halldórs þáttr Snorrasonar inn síðari 15
Stúfs þáttr inn meiri 31
Stúfs þáttr inn skemmri 41
Völsa þáttr 49
Brands þáttr örva 63
Notes 69
Glossary 88
Index of names 152

ABBREVIATED REFERENCES

AM: Árni Magnússon's collection of manuscripts (Reykjavík and Copenhagen).

CPB: *Corpvs Poeticvm Boreale* I–II, ed. G. Vigfusson and F. York Powell, 1883.

Flb: *Flateyjarbók* I–III, ed. G. Vigfusson and C. R. Unger, 1860–68 (facsimile in Corpus Codicum Islandicorum Medii Aevi I, 1930).

Fms: *Fornamanna sögur* I–XII, 1825–37 (the contents of vols I–III are re-edited in *ÓTM*; there is a facsimile of the chief manuscript used in vols VI–VII in *Hulda, Sagas of the Kings of Norway 1035–1177*, Early Icelandic Manuscripts in Facsimile 8, 1968).

GkS: The Old Royal Collection of Manuscripts in the Royal Library, Copenhagen.

Heusler, A., *Altisländisches Elementarbuch*, 4th edn, 1950.

Hkr: Snorri Sturluson, *Heimskringla* I–III, ed. Bjarni Aðalbjarnarson, 1941–51 (*ÍF* XXVI–XXVIII).

ÍF: Íslenzk fornrit I ff., 1933 ff.

MRN: E. O. G. Turville-Petre, *Myth and Religion of the North*, 1964.

Msk: *Morkinskinna*, ed. Finnur Jónsson, 1932 (facsimile in Corpus Codicum Islandicorum Medii Aevi 6, 1934).

NION II: *A New Introduction to Old Norse* II: *Reader*. 4th edition, 2007.

NN: E. A. Kock, *Notationes Norrœnæ*, 1923–44.

Oddr *ÓT*: Oddr Snorrason, *Saga Óláfs Tryggvasonar,* ed. Finnur Jónsson, 1932.

ÓTM: *Óláfs saga Tryggvasonar en mesta* I–III, ed. Ólafur Halldórsson, 1958–2000.

PE: *[Poetic] Edda. Die Lieder des Codex Regius* I, ed. H. Kuhn, 1962.

Skj: *Den norsk-islandske Skjaldedigtning* A I–II, B I–II, ed. Finnur Jónsson, 1912–15.

SnE: *Edda Snorra Sturlusonar*, ed. Finnur Jónsson, 1931.

Two Icelandic Stories. Hreiðars þáttr, Orms þáttr, ed. A. Faulkes, 1967 (Viking Society Text Series IV).

INTRODUCTION

The stories and their background

The six texts in this book are all short stories, or *þættir* as they are generally called. Except for the longer *Stúfs þáttr* they are all found as parts of or appendices to Icelandic sagas about Norwegian kings, though it is likely that they were originally composed as independent stories and only later incorporated into the sagas; thus they may in some cases be older than the sagas in which they are preserved, though none is likely to have been written before about 1200. The longer *Stúfs þáttr* may be an example of one of these stories in its independent form, though the actual texts of the separate version that survive are rather later than those of the shorter version found as part of the saga of King Haraldr. Both the *þættir* and the sagas in which they are preserved are anonymous.

The stories all concern one of the kings of Norway, who is Haraldr harðráði (1046–66) in all cases except *Völsa þáttr*, where it is St Óláfr (1015–30); Óláfr Tryggvason (995–999 or 1000) also appears in the enclosed story in the first *Halldórs þáttr*. The historical context of the stories can probably best be discovered from reading the sagas of these kings in Snorri Sturluson's *Heimskringla*, though Snorri did not include any of the *þættir* in this book in his compilation.

Haraldr harðráði was particularly popular as the subject of stories in medieval Iceland, many of which seem designed to illustrate one or other of two contrasting sides to his character as it was traditionally remembered: his kindness and sense of humour (particularly when dealing with Icelanders and poets), and on the other hand his arbitrariness and harshness. In some stories he is contrasted with Magnús the Good (1035–47), with whom he reigned jointly for a while. With the stories in this book may be compared *Hreiðars þáttr* (*Two Icelandic Stories* 47–62) and *Auðunar þáttr* (*NION* II, Text XVI).

Many of the characters in these *þættir* besides the kings were historical persons (including Halldórr, Stúfr and Brandr) and are mentioned in various Icelandic sources including *Heimskringla* and other versions of the sagas of kings, though it is always impossible to know whether individual stories told of them are true, or at any rate based on genuine tradition, or just fictional accounts composed in the thirteenth century. Except for *Völsa þáttr*, where the only Icelander is Þormóðr, the chief character in every story in this book is Icelandic, though in the first *Halldórs þáttr* the most prominent character in the enclosed story, Einarr þambarskelfir, is a Norwegian.

There are many stories extant about the dealings of Icelanders with kings of Norway, and they were evidently popular. (Most of them are collected in *Fjörutíu Íslendinga-þættir*, ed. Þórleifr Jónsson (1904).) They gave Icelandic authors an opportunity both for humorous self-criticism of the Icelandic character and for showing Icelanders distinguishing themselves in a foreign court, in many cases getting the better of the king himself. Such stories could thus become a vehicle for the expression of the developing sense of national Icelandic identity and independence, like the sagas of Icelanders generally, though on a smaller scale. Indeed some of the sagas too are concerned largely with Icelanders abroad, like *Egils saga* and *Fóstbrœðra saga*. In parts of *Heimskringla* an important theme seems to be the deliberate assertion of Icelandic independence and hostility to any Norwegian claim to sovereignty over Iceland. In subject-matter, therefore,

Introduction　　　　　　　　　　　　　　　　　　　　　　ix

the *þættir* can be seen as a bridge between the sagas of Norwegian kings and the sagas of Icelanders.

But the *þættir* distinguish themselves from sagas of kings and sagas of Icelanders both in scale and in the simplicity of their structure, though the first *Halldórs þáttr* does have a story within a story, which relates to a time many years before the main action, a complexity rare in any kind of Icelandic narrative, where the story usually progresses in direct chronological order. But though the *þættir* generally have a simple structure, they are carefully composed with great concern for narrative shape and characterisation, and are particularly successful in constructing witty and dramatic dialogue. See the two articles by J. Harris, 'Genre and Narrative Structure in some *Íslendinga þættir*' and 'Theme and Genre in some *Íslendinga þættir*', in *Scandinavian Studies* 44 (1972), pp. 1–27, and 48 (1976), 1–28.

There is a didactic element in *Brands þáttr* and the first *Halldórs þáttr*, so that they can be interpreted as moral exempla, and *Völsa þáttr* too, in rather a different way, is evidently intended to be edifying. But in spite of this, all the stories in this book are lightweight both in tone and content (none is about events of political importance), and most have a tendency to comedy. They are anecdotes rather than serious stories, and the closest contemporary European genre is the *fabliau* (though *fabliaux* were written in verse). Both *fabliaux* and *þættir* are examples of a phenomenon that was new in western Europe in the twelfth century: the writing down of stories that were important neither as myth nor as history, in which the point lies within the story itself, rather than in any significance, historical or moral, outside itself. The effects aimed at were aesthetic ones; the neatness and wit of the story itself was its justification. This tendency towards story for story's sake is accompanied both in Iceland and elsewhere by an increased interest in character and individualisation, in everyday settings and in comedy. The *þættir* thus mark the extension of what was considered possible matter for prose narrative in Iceland to include the secular as well as the religious, the Icelandic as well as the Norwegian, the everyday as well as the historically significant; and the beginning of interest in heroes neither saintly nor royal.

The six texts in this book are reproduced from offprints from *Íslendinga sögur* I–XII, ed. Guðni Jónsson (Reykjavík, Íslendingasagnaútgáfan, 1946–47), where the corresponding texts are in volume IV, pp. 265–92 and 305–21, and volume V, pp. 373–85 and 399–403. The explanations of verses in modern Icelandic at the foot of the pages in *Völsa þáttr* are here omitted. The spelling and punctuation of this edition were heavily normalised in accordance with the convention in editions intended for the general Icelandic reader; the modern symbol 'ö' is used both for u/w-umlaut of 'a' and u/w-umlaut of 'e'. The texts, which are eclectic, have also been freely emended, and where there is radical departure from the manuscript readings, the latter are quoted in the notes in this book. Some misprints are also corrected in the notes.

Halldors þáttr Snorrasonar inn fyrri

The labels 'inn fyrri and 'inn síðari' have been attached to the two stories about Halldórr Snorrason simply for editorial convenience (all the titles in this selection are modern), and refer to the relative internal chronology of the two stories, not to the supposed dates of composition. Both take place in Norway some time after Haraldr harðráði's return from Constantinople in 1046, and while the action of the second story may begin before that of the first, the second covers a wider time-span and goes on to tell

Introduction xi

of Halldórr's final return to Iceland (which according to the chronology of *Haralds saga* must have been in 1051) and his refusal to return to Norway. The enclosed story in the first *þáttr*, narrated by Einarr þambarskelfir (who died probably in 1049 or 1050) relates to the time shortly after the battle of Svölðr (probably AD 999) which ended the reign of Óláfr Tryggvason. This *þáttr* is preserved with the 'greatest' saga of Óláfr Tryggvason (a fourteenth-century compilation of very diverse material relating to the king) in AM 62 fol. (written in the late fourteenth century), AM 54 fol. (this part of which was written about 1500), and Flateyjarbók (Gks 1005 fol.; this part written towards the end of the fourteenth century); see *Fms* III 152–63, *Flb* I 506–11 (columns 264–7 in the manuscript). Another version of the *þáttr* was included as an appendix to *Haralds saga harðráða* in the additions made to Flateyjarbók in the fifteenth century (*Flb* III 428–31, columns 836–38); this has considerable differences from and is shorter than the other texts, while the version in AM 54 fol. has some passages that are not in AM 62 fol. or either of the versions in Flateyjarbók. There is no evidence that the *þáttr* was written before the fourteenth century, though there are other stories about Óláfr Tryggvason's supposed survival of the battle of Svölðr that were written in the late twelfth to early thirteenth centuries (*Ágrip af Nóregskonungasǫgum*, ed. M. J. Driscoll (1995), pp. 32–35; Oddr *ÓT*, pp. 231, 257, 259–60; *Hkr* I 367–69). Though nothing is known about the author, his markedly didactic tone has suggested to some that he was a cleric.

The text here printed corresponds mainly to the longer of the two versions in Flateyjarbók, but occasional readings have been adopted from each of the other three versions. The *þáttr* has also been edited in *ÍF* V 251–60, and there is a discussion of the story

by J. Harris, 'Christian Form and Christian Meaning in *Halldórs
þáttr I*', in *The Learned and the Lewed*, ed. L. D. Benson (Harvard
English Studies 5, 1974), pp. 249–64.

Halldórs þáttr Snorrasonar inn síðari

The second *Halldórs þáttr* is probably older than the first. It
contains a number of archaic linguistic features (see *ÍF* V xci,
note 2) and is thought to have been written in the early thirteenth
century. It is preserved as part of *Haralds saga harðráða* in
Morkinskinna (Gks 1009 fol., written about 1275), Hulda (AM
66 fol., written *c*.1350–75), and Hrokkinskinna (Gks 1010 fol.,
fifteenth century); see *Msk* 148–55, *Fms* VI 237–51, Hulda fols.
41r–44r. These manuscripts contain versions of a collection of
sagas about kings of Norway of the eleventh and twelfth centuries
that is thought to have been first compiled in the early thirteenth
century, before Snorri Sturluson's *Heimskringla*. In Hulda and
Hrokkinskinna the text of the original compilation has been
combined with that of parts of *Heimskringla* and other sources,
and the narrative is often more wordy and diffuse than that in
Morkinskinna. All three manuscripts include various *þættir* which
seem once to have been independent stories, though it is uncertain
whether they were included in the compilation when it was first
made. The first two sagas in it (*Magnúss saga góða* and *Haralds
saga harðráða*) are also found in the part of Flateyjarbók written
in the fifteenth century, but there some of the *þættir* are lacking,
including the second *Halldórs þáttr* and *Brands þáttr*, though
some others, including a version of the first *Halldórs þáttr*, were
added. The sources and relationships of these manuscripts are
discussed in J. Louis-Jensen, *Kongesagastudier* (Bibliotheca
Arnamagnæana 32, 1977; English summary on pp. 190–96).

Introduction

The leaf in Morkinskinna that contained the beginning of the second *Halldórs þáttr* has been lost (the extant text in this manuscript begins at the point corresponding to 20/29 in the present edition). There is also a passage near the end of the story in Hulda and Hrokkinskinna that is lacking in Morkinskinna (29/4–18 in this edition). This passage is very similar to one in *Haralds saga harðráða* in *Hkr* III 119–20. It perhaps was not originally part of the *þáttr*, but if it was, Snorri may have derived his passage from it. If so, the *þáttr* must be older than *Heimskringla*. Besides lacking this passage and the beginning of the story, the text of the *þáttr* in Morkinskinna is in many places more compact than those in Hulda and Hrokkinskinna, and may have been shortened.

The text printed in this edition is a conflation of what remains of the text in Morkinskinna with that in Hulda, with occasional readings also adopted from Hrokkinskinna (Morkinskinna is not followed exclusively even in the parts of the text that are extant in it). There is an edition of the *þáttr* in *ÍF* V 265–77 and a translation by Hermann Pálsson in *Hrafnkel's saga and other Icelandic stories* (Penguin Books, 1971).

Stúfs þáttr inn meiri, Stúfs þáttr inn skemmri

The separate version of *Stúfs þáttr* (*Stúfs þáttr inn meiri*) is preserved in three manuscripts of the fifteenth century that also contain a variety of other unrelated stories, AM 533 4to, AM 557 4to (of which there is a facsimile in Corpus Codicum Islandicorum Medii Aevi 13, 1940), and AM 589 4to. In AM 557 4to it has the title 'Saga Stúfs'. The shorter version (*Stúfs þáttr inn skemmri*) is found as part of *Haralds saga harðráða* in Morkinskinna, Flateyjarbók, Hulda and Hrokkinskinna (see *Msk* 251–54, *Flb* III 379–81,

Fms VI 339–93, Hulda foll. 70v–71r). The Morkinskinna and Flateyjarbók texts are similar and rather different from those in Hulda and Hrokkinskinna.

Stúfs þáttr inn meiri and *Stúfs þáttr inn skemmri* contain the same story (unlike the two *Halldórs þættir*, which are distinct stories, though about the same person), but the first is quite a lot longer. It is likely that the story was shortened when it was made into a part of *Haralds saga*, though the shortening seems to have been mainly verbal: the main events and the essence of the conversations in the longer version are all present in the shorter. So although the separate version of the *þáttr* is only preserved in late manuscripts, and stylistically and linguistically belongs to the fifteenth century, in content it probably represents the original story as it was before it was included in *Haralds saga* better than the shorter version; many of the details of information on which the two versions differ are likely to be more correct in the longer version (though not in all cases; e.g. the number of poems Stúfr recites to the king in the Morkinskinna/Flateyjarbók version is more credible than the numbers given in Hulda, Hrokkinskinna and the separate version; see note to 45/14–15).

The story must have been first written considerably earlier than the date of the oldest manuscript (Morkinskinna, *c*.1275), perhaps early in the thirteenth century. The narrative skill it displays is considered comparable to that in what are held to be the best early stories of this kind (*Hreiðars þáttr, Auðunar þáttr*). There is no indication of when in the reign of Haraldr harðráði it is supposed to have taken place.

The text of the longer version printed here follows mainly AM 533 4to, with occasional readings from one or other of the other two manuscripts, and with word forms and spelling archaised to

Introduction

conform to the other texts in the selection. The text of the shorter version follows mainly that in Hulda (and Hrokkinskinna; much of the text in Morkinskinna is illegible, and the text in Flateyjarbók has a number of variants and additional phrases which seem to be due to scribal alteration; some of the changes are pointed out in the notes). Both versions are edited in *ÍF* V 281–90; there is a separate edition of the longer one in *Stúfs saga*, ed. B. M. Ólsen (1912; Filgir Árbók Háskóla Íslands). There is a translation of the longer version by H. G. Leach in *A Pageant of Old Scandinavia* (1946), pp. 195–99, and of the shorter one in *CPB* II 221–22.

These two texts make it possible to compare the results of medieval redaction on a piece of short narrative, and are a useful reminder that other texts, though they may only survive in one version, may well have also been subject to similar alteration during their transmission.

Völsa þáttr

Völsa þáttr is only preserved in Flateyjarbók (in the part written in the fourteenth century), where it is included as part of *Óláfs saga helga* (*Flb* II 331–36, columns 483–85 in the manuscript). There are many stories extant about St Óláfr's missionary activity in various parts of Norway (there are a number of others in Flateyjarbók) and the type is undoubtedly very old and some examples may be historical; but there is little likelihood that this one is, and nothing to show that it is older than the fourteenth century. None of the verses is preserved elsewhere, and various aspects of their language and metre suggest that they too are late, perhaps no older than the prose itself. But many have thought it possible that the story contains genuine tradition about ancient fertility cults such as must have existed in pre-Christian Scandinavia and perhaps survived into Christian times. But the actual treatment of the story in the *þáttr* shows that the author was more interested in the comic possibilities of the idea than in either the historical reality of such cults or their threat to orthodox Christianity. There is perhaps also an element of satire directed at Norwegian peasantry by the Icelandic author.

There is a (probably much later) parallel to *Völsa þáttr* in the story of Ásmundr flagðagæfa and Völski (Jon Árnason, *Íslenzkar þjóðsögur og ævintýri*, 1862–64, I 176 ff.).

The *þáttr* has been edited by G. Vigfusson with *Bárðar saga* in *Nordiske Oldskrifter* XXVII (1860), pp. 133–38, and the verses by A. Heusler and W. Ranisch in *Eddica minora* (1903), pp. 123–36 (see the introduction, pp. xcv–xcvii), in *Skj* A II 219–21, B II 237–39, and in *CPB* II 381–82 (cf. also 609). There is discussion in A. Heusler, 'Die Geschichte vom Völsi', *Zeitschrift des Vereins für Volkskunde* 13 (1903), pp. 24–39; S. Eitrem, 'Lina Laukar', *Festskrift tilegnet A. Kjær* (1924), pp. 85–94; H. S. Joseph, 'Völsa þáttr: A Literary Remnant of a Phallic Cult', *Folklore* 83 (1972), pp. 245–52; Ólafur Halldorsson, 'Grettisfœrsla', *Opuscula* I (1960), pp. 49–77 (Bibliotheca Arnamagnæana 20; reprinted with additional material in *Grettisfærsla* (1990), pp. 19–50); *MRN* 256–58.

Brands þáttr örva

Brands þáttr örva, like the second *Halldórs þáttr*, is preserved as part of *Haralds saga harðráða* in Morkinskinna, Hulda and Hrokkinskinna (see *Msk* 194–95, *Fms* VI 348–50, Hulda fol. 62), but is not in Flateyjarbók. Its date is difficult to guess, but it must be earlier than the date of Morkinskinna (*c.*1275) and may be much earlier. There is no indication of when in Haraldr's reign

Introduction

the story is supposed to take place, but Brandr was born about 980 and would therefore have been very old even when Haraldr first became king. He is mentioned in many sagas (see *ÍF* IV 181 and note 1), and there is another story in Flateyjarbók that illustrates his generosity (*Ísleifs þáttr*, *Flb* II 140–42; this is in the part written in the fourteenth century). It may be the same person who is said in *Arons saga* ch. 1 to have been renowned both in Iceland and abroad (*Sturlunga saga*, ed. Jón Jóhannesson, Magnús Finnbogason and Kristján Eldjárn, 1946, II 238).

The text printed here mostly reproduces that of Morkinskinna, but corrections and in two passages (65/1–6 and 66/11) additional words are included from the Hulda/Hrokkinskinna version.

The *þáttr* has been edited in *ÍF* IV 189–91 and in G. Vigfusson and F. York Powell, *An Icelandic Prose Reader* (1879), pp. 143–44. There is a translation of the Morkinskinna text by H. G. Leach in *A Pageant of Old Scandinavia* (1946), pp. 201–02, and a discussion by Sverrir Tomasson, 'Vinveitt skemmtan og óvinveitt', *Maukastella færð Jónasi Kristjánssyni fimmtugum*, 1973, pp. 65–68.

STORIES FROM SAGAS OF KINGS

HALLDÓRS ÞÁTTR SNORRASONAR
INN FYRRI

ALLDÓRR, sonr Snorra goða af Íslandi, var með Haraldi konungi Sigurðarsyni, meðan hann var útanlands ok lengi síðan, er hann fekk ríki í Nóregi, ok vel virðr af honum.

Þat bar at eitt sinn, at íslenzkr maðr, sá er Eilífr hét, varð fyrir reiði Haralds konungs, en hann bað Halldór flytja mál sitt við konung, ok Halldórr gerði svá. Halldórr var stríðmæltr ok harðorðr, en mjök fátalaðr. Hann bað konung, at Eilífr skyldi fá landsvist af honum. Konungr neitti því þverliga. Halldórr var þykkjumikill sem aðrir Íslendingar ok þótti illa, er hann fekk eigi þat, er hann beiddi.

Hann fór síðan brott frá Haraldi ok Eilífr með honum. Þeir kómu á Gimsar til Einars þambarskelfis, ok beiddi Halldórr, at hann myndi taka við þeim ok veita honum ásjá. Einarr sagðist mundu við honum taka með því móti, at Halldórr vildi ok þar vera með honum.

Halldórr mælti: „Hvar vísar þú mér til sætis?"

Einarr bað hann sitja í öndvegi gegnt sér, ok tóku sessunautar vel við honum. Einarr átti þá konu, er Bergljót hét. Hon var dóttir Hákonar jarls illa, Sigurðarsonar Hlaðajarls. Halldórr gekk jafnan til Bergljótar ok sagði henni mörg ævintýr, þau sem útanlands höfðu gerzt í ferðum þeira Haralds konungs, ok gengu menn oft til þeirar frásagnar.

Maðr hét Kali. Hann var ungr at aldri ok nökkut
5 skyldr Einari. Illgjarn var hann ok nökkut öfundsjúkr, háðsamr ok hávaðamikill. Hann var þá skósveinn Einars ok hafði lengi þjónat honum. Kali var hagr vel á gull ok silfr. Því var hann kallaðr Gyllingar-Kali. Marga menn rægði hann við Einar ok
10 var sundrgerðarmaðr mikill í orðum, bæði sundrlausum ok samföstum. Hann hafði mjök í háði við Halldór ok bað menn yrkja níð um hann, en engi varð til þess. Því fekkst Kali ok í at flimta hann. Halldórr varð þess varr.

15 Ok einnhvern dag gekk hann til skemmu Bergljótar, ok er hann kemr at durunum, heyrir hann þar inni hámælgi mikla. Var þar inni Kali ok margir menn aðrir. Þeir bera þá fram fyrir húsfreyju hróp þat, er Kali hafði kveðit um Halldór.

20 Bergljót bað þá þegja ok sagði svá: „Þat er illa gert at fást upp á ókunna menn með hrópyrðum ok háðsemi, ok munu yðr tröll toga tungu ór höfði. Hefir Halldórr meir verit reyndr at frækleik en flestir menn aðrir í Nóregi."

25 Kali mælti: „Ekki em ek hræddr við hann mörlanda, þó at hann hafi mikil metorð af þér, því at vér höfum spurt, at hann var settr í dýflizu út á Grikklandi ok lá þar á ormshala athafnarlauss ok ekki megandi."

Halldórr þolði eigi þessi atyrði. Hljóp hann inn í herbergit at Kala ok hjó hann banahögg. Ok er Bergljót sá þat, bað hon geyma duranna, svá at engi kæmist fyrr út en henni líkaði.

Þá mælti Halldórr: „Biðja vil ek, húsfreyja, at þú sjáir eitthvert gott ráð fyrir mér, þó at ek hafa nú eigi til þess unnit."

Hon svarar: „Ek á marga frændr þá mér náskylda, þá sem lendir menn eru, ok veit ek vísliga, at til hvers þeira er ek sendi þik, at sá tekr við þér fyrir mínar sakar."

Halldórr mælti: „Hugsa þú svá fyrir, at með engum manni vil ek á laun vera haldinn sem illræðismaðr."

Bergljót segir: „Þeir munu þó fáir menn í Nóregi útan sjálfr Haraldr konungr, at dugi at halda þik fyrir Einari, ef hann vill eftir þér leita, því at hann mun víss verða, hvar þú kemr niðr. Er ok til ráð annat," segir hon, „ok er þat þó eigi hættulaust."

Halldórr mælti: „Hvert er þat?"

Hon svarar: „Þat, at þú gangir nú þegar inn í stofu, sakar þess at nú eru tvau víti á hendi þér, annat vígsvítit, en annat borðavítit, því at þú komt eigi til borðs með öðrum mönnum, því at nú sitja menn yfir borðum. Máttu nú ganga inn fyrir Einar ok segja honum tíðendin ok færa honum höfuð þitt ok friðast svá við hann. En ef hann vill þér eigi grið gefa með því, þá mun eigi hægt at forða þér fyrir honum."

Síðan gekk Halldórr inn fyrir Einar ok mælti: „Eigi

hefi ek oft verit víttr fyrir borðs tilgöngu. Hefir nú ok svá til borit, at ek hefi eigi verit sýslulauss."

Einarr svarar: „Segir þú víg Kala, frænda míns?"

Halldórr svarar: „Þeirar sakar em ek sannr, ok því vil ek nú færa þér höfuð mitt, ok ger þú af slíkt, er þér líkar."

Þá mælti Einarr: „Víg þetta, er þik hefir hent, er it versta ok mér nær höggvit, því at Eindriði, sonr minn, myndi sá einn annarr drepinn vera, at mér myndi meira at þykkja."

Halldórr svarar: „Þat manntjón væri ólíkt."

Einarr mælti: „Bræðr Kala munu þar sjá til sæmða, er ek em, um eftirmál ok vígsbætr eftir hann. Er þat ok lítilmannligt, at ek láta mér svá þykkja sem einn hundr hafi fyrir mér drepinn verit, þar sem Kali var. Mun þat þá enn heldr leiðast öðrum at vinna slík illvirki, ef þessa er hefnt eftir makligleikum. En þó mun hæfa at hafa heilræði Magnúss konungs fóstra míns Óláfssonar, at gefa upp reiðina fyrst í stað, því at oft þykkir þá annat sannara, er hon líðr af, en áðr hefir fram farit. Nú skaltu, Halldórr, fyrst fá mér sverð þitt, því at ek vil þat hafa."

Halldórr svarar: „Hvat þarf ek at láta laus vápn mín?"

„Því vil ek hafa sverð þitt," segir Einarr, „at ek sé, ef nökkut er þröngt þínum kosti, at þú munt verja hendr þínar, meðan þú mátt, ef þú hefir vápn at vega með, ok er þá eigi örvænt, at svá fari fleiri sem Kali hefir áðr farit, ok mun ek þá eigi betr við una, en þat mun þó saman fara, ef þú ert sóttr, at þú munt hafa mann fyrir þik, nema þú hafir fleiri, en þó mun ek yfir þik vinna at síðustu. Gakk nú fyrst til borðs með mér, en ek mun síðan upp segja víti þín, en engum friði heit ek þér álengðar."

Halldórr gerði svá, at hann át ok drakk með Einari, sem hann ætti ekki um at vera, ok af hendi fekk hann sverðit. Tók Einarr við því. Vinir Halldórs báðu hann brott fara, ef hann mætti.

Halldórr svarar: „Ekki mun ek leynast frá Einari, þar sem ek hefi áðr gengit á vald hans."

Ok er Halldórr var mettr, gekk hann fyrir Einar ok spurði, hvern hann vildi þá gera hans hlut.

Einarr svarar: „Síðar muntu enn þat vita."

Halldórr gekk þá í brott ok segir Bergljótu, hvar komit var.

Hon svarar: „Eigi vænti ek, at Einarr láti drepa þik, en ef hann vill níðast á þér, þá heit ek þér því, at þá skal enn meirum tíðendum gegna."

Ok þenna sama dag stefnir Einarr fjölmennt þing. Hann stóð upp á þinginu ok talaði svá: „Ek vil nú skemmta yðr ok segja frá því, er fyrir löngu var, þá er ek var á Orminum langa með Óláfi konungi Tryggvasyni.

Þat bar svá til, at þá er mér var skipat með Kolbeini stallara ok Flesmu-Birni á Orminum, var ek þá átján vetra gamall ok fyrir lög fram tekinn í kappatöluna, því at engi skyldi á honum vera yngri en tvítögr ok eigi ellri en sextögr. Níu váru þeir menn, er brott kómust af Orminum, en frá oss þrimr kumpánum vil ek nökkut segja, at vér hljópum fyrir borð af Orminum, síðan konungr var horfinn með ljósi því, er yfir hann skein, ok Danir, menn Sveins konungs, tóku oss ok færðu konungi, en hann flutti oss til Jótlands, ok várum vér þar upp leiddir ok settir á eina lág ok þar fjötraðir. En sá, er oss varðveitti, vildi selja oss í þrældóm. Hann hét oss afarkostum ok limaláti, ef vér vildim eigi þjást, ok í þeim skógi sátum vér þrjár nætr. Þessi maðr, er oss varðveitti, lét móts kveðja, ok þangat kom mikit fjölmenni.

Ok at þessu móti sat einn maðr mikill, svá búinn sem munkr í blám kufli, ok hafði grímu fyrir andliti. Þessi maðr gekk at oss kumpánum ok mælti til meistara várs: „Villtu selja mér þann inn gamla þrælinn?"

Hann svarar: „Hvat skal þér afgamall þræll ok nenningarlauss?"

Grímumaðrinn svarar: „Hann mun þá ódýrstr af þrælunum öllum?"

„Já," segir meistari várr, „hann skal víst ódýrstr."

„Met hann þá," segir grímumaðr.

Meistarinn mat hann fyrir tólf aura silfrs. Grímumaðr svarar: „Dýrr þykkir mér þá þrællinn, með því at ek sé hann mjök gamlan ok forverkslítinn. Er ok eigi ólíkt, at hann lifi skamma stund. Mun ek gefa þér fyrir hann mörk silfrs, ef þú vill því kaupa."

Þá gekk grímumaðr at mér," segir Einarr, „ok spurði, hverr mik hefði keyptan.

„Ek hefi ekki enn seldan hann," segir meistarinn, „en þó má hann seljast."

„Hversu dýrr," segir grímumaðr, „skal hann vera?" Meistarinn mælti: „Allvel mun hann þér dýrr þykkja. Kaup hann fyrir þrjár merkr silfrs, ef þér líkar."

„Alldýrr mun hann þá vera," segir grímumaðr, „en sjá þykkjumst ek, at frændr hans ok vinir myndi gjarna kaupa hann þvílíku verði, ef hann væri á sínu landi."

„Ek vissa þat," segir meistarinn, „at þér myndið eigi kaupa hann svá dýrt sem ek mat."

Síðan fór kuflmaðr á brott ok fór víða um torgit, ýmissa gripi falandi, ok með því at hann fekk engu keypt, fór hann aftr til vár svá segjandi: „Nú var ek á torgi, ok því, at mér var ekki kaupligt, kom ek enn hingat, vil ek fala þann þrælinn, er ek hefi áðr orði á komit, því at ek sé, at svá mikill maðr sem hann er ok sterkr, at hann má vinna ekki svá lítit, ef þessi vill duga. Eru menn takmiklir, ef þeir vilja mennast. Sýnist mér því ráð at kaupa þá alla."

Meistari várr svarar: „Þú þarft þó mikils við um mansmenn, ef þú kaupir einn þrjá þræla."

„Þat skalt þú þó vita," segir kuflmaðr, „at ek hefi haft þó eigi færi húskarla."

Kolbeinn var metinn fyrir tvær merkr. „Dýrir eru þrælarnir," segir kuflmaðr, „ok veit ek eigi gerla, hvat fram ferr um penninga mína, hvárt þeir munu vinnast til verðs þeira."

Hann steypir þá silfrinu í kyrtilblað hans ok mælti: „Haf þú nú þetta fyrir tölu þína, ok vænti ek, at eigi muni þetta minna."

Ok síðan lætr kuflmaðr leysa oss, ok þótti oss þá
5 betrast várr kostr. Grímumaðr gekk þá brott í skóginn ok bað oss fylgja sér, ok er vér kómum fram í eitt rjóðr, spurða ek hann at nafni.

Hann svarar: „Ekki varðar þik at vita nafn mitt. En þat kann ek þér at segja, at ek hefi sét þik eitt
10 sinn fyrr ok alla yðr."

Ek vilda þó vita, hvers þræll ek skylda þó vera, — „en ef þú vill gefa oss frelsi, þá vildim vér ok vita, hverjum vér ættim þat at launa."

„Eigi muntu þess víss verða þenna dag, hvat ek
15 heiti."

„Þá segi ek," segir Einarr: „Verit myndi þat þó hafa, at ek mynda hafa ráðit við einn mann ok aðrir tveir með mér, þó at Danir ætli þat eigi."

Kuflmaðrinn svarar ok kippði upp lítt at hettinum:
20 „Vera má, at ek þjá yðr eigi, enda mun ek í engu vera yðvarr nauðungarmaðr, þó at þér séð þrír, en ek einn. Nú liggr hér vegr, at ek mun vísa yðr til skips þess, er Norðmenn eigu, ok munu þeir taka við yðr ok flytja yðr til Nóregs. En þú, Björn," segir hann,
25 „skipt fjárhlut þínum ok gef hann, svá sem þú hyggr sálu þinni hjálpvænligast, því at þú munt eigi lifa hálfum mánaði lengr, síðan þú kemr heim til bús þíns. En þú, Kolbeinn, munt koma heim á Upplönd ok munt þykkja merkiligr maðr, hvar sem þú ert.

En þú, Einarr," segir hann, „munt verða yðvar mestr maðr ok ellstr ok vera um fram flesta menn í Nóregi í mörgu lagi. Þú munt ok fá Bergljótar, dóttur Hákonar jarls, ok muntu búa á Gimsum ok halda virðingu þinni til dauðadags. En af þér einum mun ek laun hafa fyrir lífgjöfina ok frelsit, því at þér einum, hygg ek, at mest þykki vert, ef þú ert eigi þræll."

Ek svaraða, at óhægra væri at launa, ef ek vissa eigi, hverjum at gjalda var eða hverju launa skyldi.

Hann svarar: „Því skaltu launa: ef nökkurr maðr gerir svá mjök í móti þér, at fyrir hvatvetna vilir þú hafa hans líf, ok hafir þú vald yfir honum, þá skaltu eigi minna frelsi gefa honum en ek gef nú þér, en þat mun þér inndælt, því at fáir munu gera í móti þér sakar ríkdóms þíns ok vinsælda."

Ok at svá töluðu lyfti kuflmaðrinn grímu frá andliti sér ok mælti: „Hvat hyggið þér, hverir hér ríða um skóginn ok munu ætla at grípa oss?"

En er vér litum allir til ok vildum sjá mennina ok er vér litum aftr, var grímumaðr horfinn, ok síðan sám vér hann aldri. En þenna mann kenndum vér allir fullgerla, at þetta var Óláfr konungr Tryggvason, því at þegar fyrra sinn, at hann lyfti kuflshettinum, kennda ek hann fyrir víst. En síðan hann lyfti upp grímunni ok sýndi oss sína ásjónu, kenndum vér hann allir ok töluðum vár í milli, at oss hefði mjök óvitrliga til tekizt, er vér höfðum eigi hendr á honum, en þó tjáði oss þá ekki at sakast um orðinn hlut. Síðan gengum vér þann stíg til sjóvar, sem hann vísaði oss,

ok fundum þar Norðmanna skip, ok fór allt eftir því, sem hann hafði oss fyrir sagt um vára ævi. Nú em ek skyldr til," segir Einarr, „at gera þat, er Óláfr konungr bað mik. Sýnist mér nú eigi annat líkara, Hall-
5 dórr, en hann hafi fyrir þér beðit, því at þú ert nú á mínu valdi."

Ok áðr Einarr hafði lokit sögu sinni, var Bergljót komin á þingit, kona hans, með mikla sveit manna, ok ætlaði hon, at þeir menn skyldi berjast við hann
10 ok sækja Halldór, ef hann vildi honum eigi grið gefa. Síðan bætti Einarr víg Kala frændum hans, en helt vináttu við Halldór jafnan síðan. En Halldórr sendi Eilíf til Íslands ok sætti hann áðr við Harald konung, ok svá kom hann sér í sætt við hann, ok var
15 Halldórr með konungi langa stund síðan. En sú hafði verit sök Eilífs, at hann hafði drepit hirðmann Haralds konungs, ok fyrir þat hafði hann reiði á honum.

HALLDÓRS ÞÁTTR SNORRASONAR
INN SÍÐARI

1. Bragð Haralds konungs.

ALLDÓRR Snorrason hafði verit út í Miklagarði með Haraldi, sem áðr er sagt, ok kom í Nóreg með honum austan ór Garðaríki. Hafði hann þá mikla sæmð ok virðing af Haraldi konungi. Var hann með konungi þenna vetr, er hann sat í Kaupangi.

En er á leið vetrinn ok vára tók, bjuggu menn kaupferðir sínar snemma, því at náliga hafði engi eða lítill verit skipagangr af Nóregi fyrir sakar ófriðar ok aga þess, sem verit hafði milli Nóregs ok Danmerkr. En er á leið várit, fann Haraldr konungr, at Halldórr Snorrason ógladdist mjök. Konungr spurði einn dag, hvat honum bjó í skapi.

Halldórr svarar: „Út fýsir mik til Íslands, herra."

Konungr mælti: „Margr myndi þó heimfúsari verit hafa, eða hver eru fararefnin, eða hversu verst fénu?"

Hann svarar: „Skjótt ætla ek at verja, því at ekki er til nema ígangsklæði mín."

„Lítt er þá launuð löng þjónusta ok margr háski, ok skal ek fá þér skip ok áhöfnina. Skal faðir þinn sjá mega, at þú hefir mér eigi til engis þjónat."

Halldórr þakkaði konungi gjöfina. Fám dögum síðar

fann Halldórr konung, ok spurði konungr, hversu mjök hann hefði ráðit sér skipverja.

Hann svarar: „Allir kaupsveinar hafa sér ráðit áðr skipan, en ek fæ enga menn, ok því ætla ek, at eftir
5 mun verða at vera skip þat, er þér gáfuð mér."

Konungr mælti: „Eigi er þá vinveitt gjöfin, ok skulum vit enn bíða, hvat ór ráðist um háseta."

Annan dag eftir var blásit til móts í bænum ok sagt, at konungr vill tala við bæjarmenn ok kaup-
10 menn. Konungr kom seint til mótsins ok sýndist með áhyggjusvip, þá er hann kom.

Hann mælti: „Þat heyrum vér sagt, at ófriðr muni kominn í ríki várt austr í Vík. Ræðr Sveinn Danakonungr fyrir Danaher ok vill oss vinna skaða, en vér
15 viljum með engu móti upp gefa vár lönd. Fyrir því leggjum vér bann fyrir hvert skip, at ór landi fari, fyrr en ek hefi slíkt sem ek vil af hverju skipi, bæði af liði ok vistum, nema einn knörr, eigi mikill, er á Halldórr Snorrason, skal ganga til Íslands. En þótt yðr
20 þykki þetta nökkut strangt, er áðr hafið búit ferðir yðrar, þá berr oss nauðsyn til slíkra álaga, en betra þætti oss, at um kyrrt væri at sitja ok færi hverr sem vildi."

Eftir þat sleit mótinu. Litlu síðar kom Halldórr á
25 konungs fund. Konungr spurði, hvat þá liði um búnaðinn, hvárt hann fengi nökkura háseta.

Halldórr svarar: „Helzti marga hefi ek nú ráðit, því at miklu fleiri koma nú til mín ok beiða fars en ek mega öllum veita, ok veita menn mér mikinn atgang,

at drjúgum eru brotin hús til mín, svá at hvárki nótt
né dag hefi ek ró fyrir ákalsi manna hér um."

Konungr mælti: „Haltu nú þessum hásetum, sem
þú hefir tekit, ok sjám enn, hvat í gerist."

Næsta dag eftir var blásit ok sagt, at konungr vill
enn tala við kaupmenn. Nú var eigi sein at konungi
til mótsins, því at hann kom í fyrsta lagi. Var hann
þá blíðligr í yfirbragði.

Hann stóð upp ok mælti: „Nú eru góð tíðendi at
segja. Þat er ekki nema upplost ok lygi, er þér heyrð-
uð sagt um ófriðinn fyrra dag. Viljum vér nú leyfa
hverju skipi ór landi at fara þangat, sem hverr vill
sínu skipi halda. Komið aftr at hausti ok færið oss
gersimar. En þér skuluð hafa af oss í mót gæði ok
vingan." Allir kaupmenn, er þar váru, urðu þessu
fegnir ok báðu hann tala konunga heilstan. Fór Hall-
dórr til Íslands um sumarit ok var þann vetr með
frændum sínum. Hann fór útan eftir um sumarit ok þá
enn til hirðar Haralds konungs, ok er svá sagt, at
Halldórr var þá eigi jafnfylginn konungi sem fyrr,
ok sat hann eftir um aftna, þá er konungr gekk at sofa.

2. Konungr vítir Halldór.

Maðr hét Þórir Englandsfari ok hafði verit inn
mesti kaupmaðr ok lengi í siglingum til ýmissa landa
ok fært konungi gersimar. Þórir var hirðmaðr Haralds
konungs ok þá mjök gamall.

Þórir kom at máli við konung ok mælti: „Ek er

maðr gamall, sem þér vitið, ok mæðumst ek mjök. Þykkjumst ek nú eigi til færr at fylgja hirðsiðum, minni at drekka eða um aðra hluti, þá sem til heyra. Mun nú annars leita verða, þótt þetta sé bezt ok blíð-
5 ast, at vera með yðr."

Konungr svarar: „Þar er okkr hægt til órráða, vinr. Ver með hirðinni ok drekk ekki meira en þú vill, í mínu leyfi."

Bárðr hét maðr upplenzkr, góðr drengr ok ekki
10 gamall. Hann var með Haraldi konungi í miklum kærleikum. Váru þeir sessunautar, Bárðr, Þórir ok Halldórr. Ok eitt kveld, er konungr gekk þar fyrir, er þeir sátu ok drukku, í því bili gaf Halldórr upp hornit. Þat var dýrshorn mikit ok skyggt vel. Sá gerla í
15 gegnum, at hann hafði drukkit vel til hálfs við Þóri. En honum gekk seint af at drekka.

Þá mælti konungr: „Seint er þó menn at reyna, Halldórr," segir hann, „er þú níðist á drykkju við gamalmenni ok hleypr at vændiskonum um síðkveld-
20 um, en fylgir eigi konungi þínum."

Halldórr svarar engu, en Bárðr fann, at honum mislíkaði umræða konungs. Fór Bárðr þegar um myrgininn snemma á fund konungs.

„Þó ert þú nú árrisull, Bárðr," segir konungr.
25 „Em ek nú kominn," kvað Bárðr, „at ávíta yðr, herra. Þér mæltuð illa ok ómakliga í gærkveld til Halldórs, vinar yðvars, er þér kennduð honum, at hann drykki sleitiliga, því at þat var horn Þóris, ok hafði hann unnit ok ætlaði at bera til skapkers, ef

eigi drykki Halldórr fyrir hann. Þat er ok in mesta lygi, er þér mæltuð, at hann færi at léttlætiskonum, en kjósa myndi menn, at hann fylgði þér fastara."

Konungr svarar ok lét, at þeir myndi semja þetta mál með sér, þá er þeir Halldórr fyndist. Hittir Bárðr Halldór ok segir honum góð orð konungs til hans ok kvað einsætt vera, at hann léti sér einskis þykkja um vert orðaframkast konungs, ok á Bárðr inn bezta hlut at með þeim.

Líðr fram at jólum, ok er heldr fátt um með þeim konungi ok Halldóri. Ok er at jólum kemr, þá eru víti upp sögð, sem þar er tízka til. Ok einn morgun jólanna er breytt hringingum. Gáfu kertisveinar klokkurum fé til at hringja miklu fyrr en vant var, ok varð Halldórr víttr ok fjölði annarra manna, ok settust í hálm um daginn ok skyldu drekka vítin. Halldórr sitr í rúmi sínu, ok færa þeir honum eigi at síðr vítit, en hann lézt eigi drekka myndu. Þeir segja þá konungi til.

„Þat mun eigi satt," segir konungr, „ok mun hann við taka, ef ek færi honum," — tekr síðan vítishornit ok gengr at Halldóri. Hann stendr upp í móti honum. Konungr biðr hann drekka vítit.

Halldórr svarar: „Ek þykkjumst ekki víttr at heldr, þó at þér setið brögð til hringingar til þess eins at gera mönnum víti."

Konungr svarar: „Þú munt drekka skulu vítit þó eigi síðr en aðrir menn."

„Vera má þat, konungr," segir Halldórr, „at þú

komir því á leið, at ek drekka, en þat kann ek þó segja þér, at eigi myndi Sigurðr sýr fá nauðgat Snorra goða til," — ok vill seilast til hornsins, sem hann gerir, ok drekkr af, en konungr reiðist mjök ok gengr
5 til rúms síns.

Ok er kemr inn átti dagr jóla, var mönnum gefinn máli. Þat var kallat Haraldsslátta. Var meiri hlutr kopars, þat bezta kosti, at væri helmings silfr. Ok er Halldórr tók málann, hefir hann í möttulsskauti sínu
10 silfrit ok lítr á ok sýnist eigi skírt málasilfrit, lýstr undir neðan annarri hendi, ok ferr þat allt í hálm niðr.

Bárðr mælti, kvað hann illa með fara. „Mun konungr þykkjast svívirðr í ok leitat á við hann um
15 málagjöfna."

„Ekki má nú fara at slíku," segir Halldórr, „litlu hættir nú til."

3. Halldórr fekk mála ok tekr við skipi.

Nú er frá því sagt, at þeir búa skip sín eftir jólin.
20 Ætlar konungr suðr fyrir land. Ok er konungr var mjök svá búinn, þá bjóst Halldórr ekki, ok mælti Bárðr: „Hví býstu eigi, Halldórr?"

„Eigi vil ek," segir hann, „ok ekki ætla ek at fara. Sé ek nú, at konungr þokkar ekki mitt mál."

25 Bárðr segir: „Hann mun þó at vísu vilja, at þú farir."

Ferr Bárðr síðan ok hittir konung, segir honum, at

Halldórr býst ekki. „Máttu svá ætla, at vandskipaðr mun þér vera stafninn í stað hans."

Konungr mælti: „Seg honum, at ek ætla, at hann skyli mér fylgja, ok þetta er ekki alhugat, fæð sjá, er með okkr er um hríð."

Bárðr hittir Halldór ok lætr, at konungr vili einskis kostar láta hans þjónustu, ok þat ræðst ór, at Halldórr ferr, ok halda þeir konungr suðr með landi.

Ok einhverja nótt, er þeir sigldu, þá mælti Halldórr til þess, er stýrði: „Lát ýkva," segir hann.

Konungr mælti til stýrimanns: „Halt svá fram," segir hann.

Halldórr mælti öðru sinni: „Lát ýkva."

Konungr segir enn á sömu leið. Halldórr mælti: „Beint stefnið þér skerit." Ok at því varð þeim.

Því næst gekk undan skipinu undirhlutrinn, ok varð þá at flytja til lands með öðrum skipum, ok síðan var skotit landtjald ok bætt at skipinu.

Við þat vaknar Bárðr, er Halldórr bindr húðfat sitt. Bárðr spyrr, hvat hann ætlast fyrir, en Halldórr kvaðst ætla á byrðing, er lá skammt frá þeim, — „ok kann vera, at nú leggi sundr reyki vára, ok er þetta fullreynt. Ok eigi vil ek, at konungr spilli oftar skipum sínum eða öðrum gersimum mér til svívirðingar ok at mér beri þá verr en áðr."

„Bíð enn," segir Bárðr, „ek vil enn hitta konung."

Ok er hann kemr, mælti konungr: „Snemma ertu á fótum, Bárðr."

„Svá er nú þörf, herra. Halldórr er í brautbúnaði

ok þykkir þú óvingjarnliga til sín gert hafa, ok er nökkut vant at gæta til með ykkr. Ætlar hann nú í brott ok ráðast til skips ok fara út til Íslands með reiði, ok ferr þá ómakliga ykkarr skilnaðr, ok þat hygg ek, at varla fáir þú þér annan mann jafntraustan honum."

Konungr lét, at þeir myndi enn sættast, ok kvað sér ekki myndu at þessu þykkja. Bárðr hittir Halldór ok segir honum vingjarnlig orð konungs.

Halldórr svarar: „Til hvers skal ek honum þjóna lengr, þatki at ek fá mála minn falslaust?"

Bárðr mælti: „Get eigi þess. Vel máttu þér þat líka láta, er lendra manna synir hafa, ok ekki fórtu at því með vægð næsta sinni, er þú slótt niðr í hálm silfrinu ok ónýttir, ok máttu víst vita, at konungi þykki þat svívirðliga til sín gert."

Halldórr svarar: „Eigi má ek þat vita, at neitt sinn hafi jafnmjök logizt í um fylgðina mína sem í málagjöfna konungs."

„Satt mun þat vera," segir Bárðr, „biðleika, enn vil ek hitta konung." Ok svá gerði hann.

Ok er Bárðr hitti konung, mælti hann: „Fá Halldóri mála sinn skíran, því at verðr er hann at hafa."

Konungr svarar: „Lízt þér eigi nökkur svá djörfung í at krefja Halldóri annars mála en taka lendra manna synir, með slíkri svívirðing sem hann fór með málanum næstum?"

Bárðr svarar: „Á hitt er at líta, herra, er miklu er meira vert, drengskap hans ok vináttu ykkra, er lengi hefir góð verit, ok þar með stórmennsku þína, ok veiztu skap Halldórs ok stirðlæti, ok er þat þinn vegr at gera honum sóma."

Konungr mælti: „Fái honum silfrit."

Var nú svá gert. Kemr Bárðr til Halldórs ok færir honum tólf aura brennda ok mælti: „Sér þú eigi, at þú hefir slíkt, er þú brekar af konungi, ok hann vill, at þú hafir slíkt af honum, sem þú þykkist þurfa."

Halldórr svarar: „Eigi skal ek þó oftar vera á konungsskipinu, ok ef hann vill hafa mitt föruneyti lengr, þá vil ek hafa skip til stjórnar ok eignast þat."

Bárðr svarar: „Þat samir eigi, at lendir menn láti skip sín fyrir þér, ok ertu of framgjarn."

Halldórr kvaðst eigi fara myndu elligar. Bárðr segir konungi, hvers beitt er af Halldórs hendi, — „ok ef hásetar þess skips eru jafntraustir sem stýrimaðr, þá mun vel hlýða."

Konungr mælti: „Þótt þetta þykki framarla mælt vera, þá skal þó af nökkut gera."

Sveinn ór Lyrgju, lendr maðr, stýrði skipi. Konungr lét hann kalla á mál við sik.

„Þannug er farit," segir konungr, „sem þú veizt, at þú ert maðr stórættaðr. Vil ek fyrir því, at þú sér á mínu skipi, en ek mun þar fá annan mann til skipstjórnar. Þú ert maðr vizkr, ok vil ek einkum hafa þik við ráð mín."

Hann segir: „Meir hefir þú aðra menn haft við þínar ráðagerðir hér til, ok til þess em ek lítt færr, eða hverjum er þá skipit ætlat?"

„Halldórr Snorrason skal hafa," segir konungr.

Sveinn segir: „Eigi kom mér þat í hug, at þú myndir íslenzkan mann láta taka af mér skipstjórn."

Konungr mælti: „Hans ætt er eigi verri á Íslandi en þín hér í Nóregi, ok eigi hefir enn alllangt síðan liðit, er þeir váru norrænir, er nú byggja Ísland."

Nú ferr þat fram, sem konungr vill, at Halldórr tekr við skipi, ok fóru síðan austr til Ósló, tóku þar veizlur.

4. Skilnaðr Halldórs ok konungs.

Þat er sagt, einnhvern dag, er þeir konungr sátu við drykkju, ok var Halldórr þar í konungs stofunni, at sveinar hans kómu þar, þeir er skipit skyldu varðveita, ok váru allir vátir ok sögðu, at þeir Sveinn höfðu tekit skipit, en rekit þá á kaf. Halldórr stóð upp ok gekk fyrir konung ok spurði, hvárt hann skyldi eiga skipit ok haldast þat, er konungr hafði mælt. Konungr svarar ok kvað þat at vísu haldast skyldu, kvaddi síðan hirðina, at þeir skyldi taka sex skip ok fara með Halldóri ok hafa þrenna skipun á hverju. Þeir snúa nú eftir þeim Sveini, ok lætr hann eltast at landi, ok þegar hljóp Sveinn á land upp, en þeir Halldórr tóku skipit ok fóru til konungs. Ok er veizlum var lokit, ferr konungr norðr með landi ok til Þrándheims, er á líðr sumarit.

Sveinn ór Lyrgju sendi orð konungi, at hann vill gefa upp allt mál um skipit ok leggja á konungs vald,

at hann skipi með þeim Halldóri, sem hann vill, ok
vildi þó helzt kaupa skipit, ef konungi líkaði. Ok nú
er konungr sér þat, at Sveinn skýtr öllu máli undir
hans dóm, þá vill hann nú svá til bregða, er báðum
mætti líka, falar skipit at Halldóri ok vill, at hann
hafi verð sæmiligt, en Sveinn hafi skip, ok kaupir
konungr skip, ok á Halldórr við hann um verð, ok
gelzt allt upp, nema hálf mörk gulls stendr eftir.
Heimtir Halldórr lítt, enda galzt þat ekki, ok ferr
svá fram um vetrinn.

Ok er vára tók, segir Halldórr konungi, at hann
vill til Íslands um sumarit, ok kvað sér vel koma, at
þá gyldist þat, sem eftir var kaupverðsins. En kon-
ungr ferr heldr undan um gjaldit ok þykkir ekki betr,
er hann heimtir, en ekki bannar hann Halldóri útferð,
ok býr hann skip sitt um várit í ánni Nið ok leggr
út síðan við Bröttueyri.

Ok er þeir váru albúnir ok byrvænligt var, þá
gengr Halldórr upp í bæinn með nökkura menn síð
um aftan. Hann var með vápnum, gengu þar til, er
þau konungr ok dróttning sváfu. Förunautar hans
stóðu úti undir loftinu, en hann gengr inn með vápn-
um sínum, ok verðr glymr ok skark af honum, ok
vakna þau konungr við, ok spyrr konungr, hverr
brjótist at þeim um nætr.

„Hér er Halldórr kominn ok búinn til hafs, ok
kominn á byrr, ok er nú ráð at gjalda fét."

„Ekki má þat nú svá skjótt," segir konungr, „ok
munum vér greiða fé á morgun."

„Nú vil ek þegar hafa," segir Halldórr, „ok munkat ek nú erendlaust fara. Kann ek ok skap þitt, ok veit ek, hversu þér mun líka þessi för mín ok fjárheimta, hvégi sem þú lætr nú. Mun ek lítt trúa þér heðan frá, enda er ósýnt, at vit finnimst svá vilgis oft, at mitt sé vænna, ok skal nú neyta þess, ok sé ek, at dróttning hefir hring á hendi því hófi mikinn. Fá mér þann."

Konungr svarar: „Þá verðum vit fara eftir skálum ok vega hringinn."

„Ekki þarf þess," segir Halldórr, „tek ek hann fyrir hlut minn, enda muntu nú ekki prettum við koma at sinni, ok sel fram títt."

Dróttning mælti: „Fá honum hringinn, sem hann beiðir. Sér þú eigi," segir hon, „at hann stendr yfir þér uppi með víghug?" — tekr síðan hringinn ok fær Halldóri.

Hann tekr við ok þakkar þeim báðum gjaldit ok biðr þau vel lifa, — „ok munum vér nú skilja," — gengr nú út ok mælti við förunauta sína, biðr þá hlaupa sem tíðast til skipsins, — „því at ófúss em ek at dveljast lengi í bænum."

Þeir gera svá, koma á skipit, ok þegar vinda sumir upp segl, sumir eru at báti, sumir heimta upp akkeri, ok bergst hverr, sem má. Ok er þeir sigldu út, skorti eigi hornblástr í bænum, ok þat sá þeir síðast, at þrjú langskip váru á floti ok lögðu eftir þeim, en þó berr þá undan ok í haf. Skilr þar með þeim, ok byrj-

aði Halldóri vel út til Íslands, en konungsmenn hurfu
aftr, er þeir sá, er Halldór bar undan ok í haf út.

5. Lýsing Halldórs Snorrasonar.

Halldórr Snorrason var mikill maðr vexti ok fríðr
sýnum, allra manna styrkastr ok vápndjarfastr. Þat
vitni bar Haraldr konungr Halldóri, at hann hefði
verit með honum allra manna svá, at sízt brygði við
váveifliga hluti, hvárt sem at höndum bar mannháska
eða fagnaðartíðendi, þá var hann hvárki at glaðari né
óglaðari. Eigi neytti hann matar eða drakk eða svaf
meira né minna en vanði hans var til, hvárt sem hann
mætti blíðu eða stríðu. Halldórr var maðr fámæltr,
stuttorðr, bermæltr, stygglyndr ok ómjúkr, kappgjarn
í öllum hlutum, við hvern sem hann átti um. En þat
kom illa við Harald konung, er hann hafði nóga aðra
þjónustumenn. Kómu þeir því lítt lyndi saman, síðan
Haraldr varð konungr í Nóregi. En er Halldórr kom
til Íslands, gerði hann bú í Hjarðarholti.

Nökkurum sumrum síðar sendi Haraldr konungr
orð Halldóri Snorrasyni, at hann skyldi ráðast enn
til hans, ok lét, at eigi skyldi verit hafa hans virðing
meiri en þá, ef hann vildi farit hafa, ok engan mann
skyldi hann hæra setja í Nóregi ótiginn, ef hann vildi
þetta boð þekkjast.

Halldórr svarar svá, er honum kómu þessi orð:
„Ekki mun ek fara á fund Haralds konungs heðan af.
Mun nú hafa hvárr okkar þat, sem fengit hefir. Mér

er kunnigt skaplyndi hans. Veit ek gerla, at hann myndi þat efna, sem hann hét, at setja engan mann hæra í Nóregi en mik, ef ek kæma á hans fund, því at hann myndi mik láta festa á inn hæsta gálga, ef
5 hann mætti ráða."

Ok er á leið mjök ævi Haralds konungs, þá er sagt, at hann sendi Halldóri orð til, at hann skyldi senda honum melrakkabelgi, vildi gera láta af þeim yfir rekkju sína, því at konungr þóttist þurfa hlýs.
10 Ok er Halldóri kom sjá orðsending konungs, þá er sagt, at hann skyti því orði við í fyrstu: „Eldist árgalinn nú," sagði hann, en sendi honum belgi. En ekki fundust þeir sjálfir, síðan er þeir skilðust í Þrándheimi, þó at þá yrði nökkut með stytti því sinni.
15 Bjó hann í Hjarðarholti til elli ok varð maðr gamall.

STÚFS ÞÁTTR
INN MEIRI

MAÐR hét Stúfr. Hann var sonr Þórðar kattar, en hann var sonr Þórðar Ingunnarsonar ok Guðrúnar Ósvífrsdóttur. Stúfr var mikill maðr ok sjónfríðr ok manna sterkastr. Hann var skáld gott ok djarfmæltr. Hann fór útan, því at hann átti at heimta dánarfé norðr í Nóregi. Þeir kómu við Nóreg um haustit. Síðan fór hann austr sundaleið ok fekk sér fararskjóta, þar sem hann gat.

Þat var einn dag, at hann kom til bónda nökkurs ok tók sér þar herbergi. Þar var vel við honum tekit. Sat hann í gegn bónda. Ok er menn bjuggust til matar, þá var sagt bónda, at menn margir riðu at bænum ok væri borit merki fyrir einum manni.

Bóndi stóð upp ok mælti: „Göngum út allir, því at hér mun kominn vera Haraldr konungr."

Allir menn gengu út nema Stúfr einn, hann sat eftir. Ok þá er þeir kómu út, brunaði merkit at þeim ok þar með konungr sjálfr.

Bóndi fagnaði vel konungi ok mælti: „Eigi mun nú, herra, verða við yðr tekit sem vera ætti. Myndi þá verða með lítilli kunnandi við yðr tekit, ef vér hefðim vitat fyrir yðra kvámu, en þó nú með miklu minna móti, er þér komið á óvart."

Konungr svarar: „Ekki mun ek yðr nú þat svá vant gera, þá er vér förum hleypiferðir slíkar, sem þá er vér förum at veizlum, þeim er menn skulu gera í móti oss. Skulu nú várir menn starfa fyrir sér sjálfir, en vit munum ganga inn, bóndi."

Þeir gera nú svá. Þá mælti bóndi við Stúf: „Nú muntu verða, félagi, at þoka fyrir þeim, er komnir eru."

„Ek ætla mér þat skammlaust, þó at ek sitja útar en konungr," segir Stúfr, „eða menn hans, en þarfleysa þótti mér þér at hafa þat at engu, er þú mæltir."

Haraldr konungr mælti: „Ok hér er kominn íslenzkr maðr. Þat horfir til gamans, ok sit í rúmi þínu, Íslendingr."

Stúfr svarar: „Þat mun ek þekkjast, ok þykkir mér miklu meiri sæmð at þiggja af yðr en af bónda."

Konungr mælti: „Nú vil ek láta taka borð, ok fari menn at matast, en menn mínir skulu ganga undir borð, sem þeir verða til búnir."

Nú var svá gert sem konungr vildi. En svá reyndist, at bóndi átti gnótt drykkjar, ok urðu menn vel kátir.

Konungr spyrr: „Hvat heitir maðr sjá, er mér sitr gagnvert?"

Hann svarar: „Stúfr heiti ek."

Konungr mælti: „Kynligt nafn, eða hvers son ertu?"

Stúfr svarar: „Kattarson em ek."

Konungr spyrr: „Hvárr var sá köttrinn, er faðir þinn var, inn hvati eða inn blauði?"

Þá skelldi Stúfr saman höndunum ok hló ok svaraði engu.

Konungr spyrr: „At hverju hlær þú nú, Íslendingr?"

Stúfr svarar: „Getið þér til, herra."

„Svá skal vera," segir konungr. „Þér myndi þykkja ek spyrja ófróðliga, er ek spurða, hvárr sá væri köttrinn, er faðir þinn var, inn hvati eða inn blauði, því at sá mátti eigi faðir vera, er blauðr var."

Stúfr mælti: „Rétt getið þér, herra." Þá setti enn hlátr at Stúf.

Konungr spurði: „At hverju hlær þú nú, Stúfr?"

„Getið þér enn til, herra."

„Svá skal vera", segir konungr. „Þess get ek, at þú mundir því ætla at svara mér, at faðir minn var eigi svín, þó at hann væri sýr kallaðr, en ek mynda því leita þessa dæma, at ek ætlaða, at þú myndir eigi djörfung til hafa at svara mér þessu, alls ek mátta þat vita, at faðir þinn myndi eigi köttr vera, þó at hann væri svá kallaðr." Stúfr kvað hann rétt geta.

Þá mælti konungr: „Sit heill, Íslendingr."

Stúfr svarar: „Sit allra konunga heilastr."

Síðan drakk konungr ok talaði við þá menn, er sátu á tvær hendr honum.

Ok er á leið kveldit, mælti konungr: „Ertu nökkurr fræðimaðr, Stúfr?"

„Svá er víst, herra", segir hann.

Konungr mælti: „Þá berr vel til. Vil ek þá, bóndi, snemma ganga at sofa, ok lát Íslending í því herbergi hvíla, sem ek sef í."

Nú var svá gert. Ok er konungr var afklæddr,
mælti hann: „Nú skaltu kveða kvæði, Stúfr, ef þú
ert fræðimaðr."

Stúfr kvað kvæði, ok er lokit var, mælti konungr:
5 „Kveddu enn."

Svá fór lengi, at konungr bað hann kveða, þegar
hann þagnaði, ok allt þar til, er allir menn váru sofn-
aðir í herberginu nema þeir tveir, ok lengi síðan.

Þá mælti konungr: „Veiztu, hversu mörg kvæði þú
10 hefir kveðit, Stúfr?"

„Því fer fjarri", segir Stúfr, „ok ætlaða ek yðr þat
at telja, herra."

„Ek hefi nú ok svá gert", segir konungr. „Þú hefir
nú kveðit sex tigu flokka, eða kanntu eigi kvæði útan
15 flokka eina?"

Stúfr svarar: „Eigi er svá, herra. Ek hefi eigi hálf-
kveðit flokkana, en ek kann þó hálfu fleiri drápurnar
en flokkana."

Konungr spyrr: „Hverjum ætlar þú at kveða dráp-
20 urnar, er þú kveðr mér flokkana eina?"

Stúfr svarar: „Fyrir yðr, herra, ætla ek at kveða."

„Nær þá?" sagði konungr.

„Öðru sinni, er vit finnumst," segir Stúfr.

„Hví þá heldr en nú?" sagði konungr.

25 Stúfr svarar: „Því þá, herra, at þetta sem allt annat
reyndist yðr því meira háttar um mik sem þér vitið
gerr."

Konungr mælti: „Stór orð hittir þú til at mæla,

hver sem raun verðr á þínu máli. En sofa vil ek nú fyrst." Ok svá var.

En um morguninn, er konungr var klæddr ok gekk ofan eftir riðinu, gekk Stúfr í mót honum ok kvaddi hann: „Haf góðan dag, herra."

Konungr svarar: „Vel mælir þú, Íslendingr, ok vel skemmtir þú í gærkveld."

Stúfr mælti: „Þér þáguð vel, herra. En biðja vil ek yðr nú bænar, ok vilda ek, at þér veittið mér."

Konungr svarar: „Hvers villtu biðja?"

Stúfr svarar: „Þat þykkir mér hallkvæmra, at þér játið áðr."

Konungr svarar: „Ekki em ek því vanr at veita þat, er ek veit eigi, hvers beðit er."

Stúfr mælti: „Segja mun þá verða. Ek vil, at þér leyfið mér at kveða um yðr kvæði."

Konungr spyrr: „Ertu skáld?"

Stúfr svarar: „Ek em gott skáld."

Konungr spyrr: „Er nökkut skálda kyn at þér?"

Stúfr svarar: „Glúmr Geirason var föðurfaðir föður míns, ok mörg önnur góð skáld hafa verit í minni ætt."

Konungr mælti: „Ef þú ert slíkt skáld sem Glúmr Geirason var, þá mun ek lofa þér at kveða um mik."

Stúfr svarar: „Miklu kveð ek betr en Glúmr."

Konungr mælti: „Yrk þú þá, eða hefir þú nökkut kvæði ort fyrri um tigna menn?"

Stúfr svarar: „At síðr hefi ek kvæði ort um tigna menn, at ek hefi engan tiginn mann sét fyrr en yðr."

Konungr mælti: „Þat munu sumir menn mæla, at þú reynir framarliga til um frumsmíðina, ef þú kveðr um mik fyrstan."

„Þar mun ek þó á hætta," segir Stúfr, „en þó vil
5 ek enn biðja yðr fleira."

„Hvers villtu nú biðja?"

Stúfr mælti: „Ek vil biðja yðr, at þér gerið mik hirðmann yðvarn."

Konungr svarar: „Þat má ekki svá skjótt gerast,
10 því at þar verð ek at hafa við ráð ok samþykki hirðmanna minna. En heldr mun ek flytja mál þitt."

Stúfr mælti: „Biðja vil ek enn fleira, herra, eða hvárt vilið þér nú veita mér þat, er ek bið nú?"

Konungr spyrr: „Hvers villtu nú biðja?"
15 Stúfr svarar: „At þér látið gera mér bréf með yðru innsigli, at ek ná dánarfé mínu, er ek á norðr í landi."

Konungr spurði: „Hví battu mik þessa síðast, er þér var nauðsynligast at þiggja? Ok mun ek þetta veita þér."

20 Stúfr svarar: „Hér þótti mér minnst við liggja."

Síðan skilðu þeir, ok fór konungrinn leiðar sinnar, en Stúfr fór sinna erenda.

Ok eigi liðu langar stundir, áðr Stúfr hitti Harald konung norðr í Kaupangi. Hann gekk inn í drykkju-
25 stofuna, þar sem Haraldr konungr sat inni ok margt annat dýrra manna hjá honum. Stúfr kvaddi konunginn, en hann svaraði: „Er Stúfr þar kominn, vinr várr?"

„Svá er, herra", segir hann, „ok nú hefi ek kvæðit at færa yðr, ok vil ek nú hafa hljóð."

Konungr segir: „Svá skal nú ok vera. En ætla máttu, at ek mun eigi óvandr vera at kvæði þínu, því at ek kann allglöggt til heyra. Hefir þú áðr borit mikit hól á um kveðskap þinn ok talat um framarliga."

Stúfr svarar: „Því vænna horfir mér, herra, sem þér kunnið gerr at heyra."

Síðan kvað hann kvæðit. Ok er lokit var, þá mælti konungr: „Satt er þat, at kvæðit er allvel kveðit, ok ek skil nú, hver efni í eru um þitt mál, at þú munt eiga mikit undir þér um vitsmuni. En þú hefir gert til gamans þér at eiga tal við mik, skal þér ok kostr hirðvistar ok at vera með oss, ef þú vill."

Síðan gerðist Stúfr hirðmaðr Haralds konungs ok var með honum lengi, ok þótti hann vera vitr maðr ok vinsæll. Drápa þessi, er Stúfr kvað ok orti um konung, var kölluð Stúfsdrápa. Ok lýkr hér þessu ævintýri.

STÚFS ÞÁTTR
INN SKEMMRI

TÚFR hét maðr. Hann var sonr Þórðar kattar, er Snorri goði fóstraði. Þórðr köttr var sonr Þórðar Glúmssonar, Geirasonar. Móðir Þórðar kattar var Guðrún Ósvífrsdóttir. Stúfr Þórðarson var blindr, vitr maðr ok skáld gott.

Stúfr fór útan af Íslandi ok kom til Nóregs á dögum Haralds konungs Sigurðarsonar. Stúfr tók sér vist með einum góðum bónda á Upplöndum. Bóndi var vel til hans.

Þat var einn dag, er menn váru úti staddir, at þeir sá ríða at bænum marga menn skrautliga búna.

Bóndi mælti: „Ekki veit ek vánir hingat Haralds konungs, en mér þykkir eigi því ólíkast lið þetta, at hann muni vera."

Ok er liðit nálgaðist bæinn, kenndu þeir, at þar var konungr. Bóndi fagnaði konungi ok mælti síðan: „Beinleiki, herra, mun eigi verða yðr veittr svá sæmiliga sem skyldi, því at menn vissu nú ekki vánir yðvarrar hérkvámu."

Konungr svarar: „Þat mun þér nú óvant gert. Vér fórum erenda várra um land. Skulu menn mínir sjálfir geyma hesta sinna ok sjá fyrir reiðingi, en ek mun ganga inn."

Konungr var inn glaðasti, ok fylgði bóndi honum í stofu til sætis. Þá mælti konungr: „Gakk þú þangat, bóndi, sem þú vill, ok ger allt í dælleikum við oss."
„Þess mun nú neytt verða," segir bóndi.

5 Gekk hann í brott, en konungr leit á bekkina ok sá mikinn mann sitja útar á bekkinn ok spurði, hverr sá væri.

„Ek heiti Stúfr," segir hann.

Konungr mælti: „Þó varð ónafnligt, eða hvers son 10 ert þú?"

„Ek em Kattarson," segir hann.

„Enn ferr allt at einu," segir konungr, „eða hvárr var sá köttrinn?"

„Get þú til, konungr," segir Stúfr ok hló við.

15 „Hví hlóttu nú?" segir konungr.

„Get þú til," segir Stúfr.

Konungr mælti: „Vant þykkir mér at geta í hug þér, en þat ætla ek helzt, at þú myndir vilja spyrja, hvárt svínit faðir minn var, en því mundir þú hlæja, 20 er þú þorðir þess eigi at spyrja."

„Rétt getr þú," segir Stúfr.

Konungr mælti: „Sittu innar meir á bekknum, ok tölumst við."

Hann gerði svá. Fann konungr, at hann var ó-
25 heimskr maðr, ok þótti konungi gott at eiga ræður við hann. Kom þá bóndi í stofu ok sagði, at konungr myndi daufligt eiga.

„Þat er eigi," segir konungr, „því at þessi vetrgestr

þinn skemmtir mér vel, ok skal hann sitja fyrir ádrykkju minni í kveld." Ok svá var.

Konungr talaði margt við Stúf, ok veitti hann vitrlig andsvör. Ok er menn gengu til stofu, þá bað konungr Stúf vera í því herbergi, sem hann skyldi sofa, at skemmta sér. Stúfr gerði svá. En er konungr var í sæng kominn, skemmti Stúfr ok kvað flokk einn. Ok er lokit var, bað konungr hann enn kveða.

Konungr vakði lengi, en Stúfr skemmti, ok um síðir mælti konungr: „Hversu mörg hefir þú nú kvæðin kveðit?"

Stúfr svarar: „Þat ætlaða ek yðr, at telja eftir."

„Ek hefi ok svá gert," segir konungr, „ok eru nú þrír tigir, eða hví kveðr þú flokka eina? Kanntu ok engar drápur?"

Stúfr svarar: „Eigi kann ek drápurnar færi en flokkana, ok eru þeir þó enn margir ókveðnir."

Konungr mælti: „Þú munt vera at því mikill fræðimaðr á kvæði, eða hverjum skalt þú skemmta með drápunum þínum, er þú kveðr mér flokkana eina?"

„Þér sjálfum," segir Stúfr.

„Hvé nær þá?" segir konungr.

„Þá er vit finnumst næst," segir hann.

„Hví þá heldr en nú?" segir konungr.

Stúfr mælti: „Því, at ek vilda um skemmtan ok allt annat, þat er mér heyrir til, at yðr virðist því betr sem þér kynnizt lengr ok vitið gerr."

„Sofa skulum vit nú fyrst," segir konungr.

En um myrgininn, er þeir bjuggust brott, þá mælti

Stúfr til konungs: „Munt þú veita mér, konungr, þat er ek bið þik?"

„Hvat er þat?" segir konungr.

„Heit þú mér, áðr en ek segi," segir hann.

5 „Ekki em ek því mjök vanr," segir konungr, „en fyrir skemmtan þína munum vit til þess hætta."

Stúfr mælti: „Þannig stenzt af um ferð mína, at ek skal heimta dánarfé nökkut í Vík austr, ok vilda ek, at þér fengið mér bréf yðvart ok innsigli, at ek næða 10 fénu."

„Þat vil ek gera," segir konungr.

Þá mælti Stúfr: „Munt þú veita mér þat, er ek bið þik?"

„Hvat er þat nú?" segir konungr.

15 „Heit þú mér, áðr en ek segja."

Konungr mælti: „Undarligr maðr ert þú, ok engi hefir fyrr þannig málum breytt við mik, en þó skal enn til þess hætta."

Stúfr mælti: „Ek vilda yrkja kvæði um yðr."

20 Konungr mælti: „Ert þú nökkut frá skáldum kynjaðr?"

Stúfr svarar: „Verit hafa skáld í ætt minni. Glúmr Geirason var föðurfaðir föður míns."

Konungr mælti: „Gott skáld ert þú, ef þú yrkir 25 eigi verr en Glúmr."

„Eigi kveð ek verr en hann," segir Stúfr.

„Ekki er þat ólíkligt, at þú kunnir yrkja, ert þú svá kvæðafróðr maðr, ok vil ek leyfa þér at yrkja um mik."

Stúfr mælti: „Munt þú veita mér þat, er ek bið þik?"

„Hvers vill þú nú biðja?" segir konungr.

„Heit þú mér, áðr en ek segja."

„Þat skal nú eigi," segir konungr. „Helzti lengi hefir þú svá farit, ok seg mér nú."

Stúfr mælti: „Ek vilda gerast hirðmaðr þinn."

Konungr mælti: „Nú var vel, at ek hét þér eigi, því at ek verð þar við at hafa ráð hirðmanna minna. Kom þú til mín norðr í Niðarósi."

Stúfr fór austr í Vík, ok greiddist honum vel arfr sá, er hann heimti, sem orðsending ok jartegnir konungs kómu til. Sótti Stúfr síðan norðr til Kaupangs á konungs fund, ok tók konungr vel við honum, ok með samþykki hirðmanna gerðist Stúfr handgenginn konungi ok var með honum nökkura hríð. Hann hefir ort erfidrápu um Harald konung, er kölluð er Stúfsdrápa eða Stúfa.

VÖLSA ÞÁTTR

1. Hefst Völsadýrkun andnesmanna.

FTIR því sem í einu fornu kvæði vísar til, byggði á einu andnesi norðarliga í Nóregi, þar sem góð langskipa höfn var undir, fjarri meginbyggðinni ok svá þjóð- 5
leið, einn bóndi ok húsfreyja, nökkut öldruð. Þau áttu tvau börn, son ok dóttur, at því sem í upphafi kvæðisins segir ok svá hefr:

>   Karl hefir búit
>   ok kona öldruð   10
>   á andnesi
>   einu hverju.
>   Átti son
>   við seima Bil
>   drengr ok dóttur   15
>   drjúgskýrliga.

Þar var ok þræll ok ambátt. Bóndi var spakr maðr ok óhlutdeilinn, en kerling var svarkr mikill ok réð mjök fyrir hýbýlaháttum dagliga. Bóndasonr var kátr ok gleðifullr, glensugr ok uppivöðslumikill. Bóndadóttir var eldri, næm ok náttúruvitr, þó at hon hefði eigi við fjölmenni upp vaxit. Bóndi átti etjutík stóra, er Lærir hét. Engar skynjar höfðu þau á heilagri trú.

Svá bar til á einu áliðnu hausti, at eykhestr karls dó. Var hann mjök feitr, ok með því at heiðnir menn höfðu hrossakjöt sér til fæðu, var hestrinn til gerr ok nýttr. Ok í fyrstu, er fleginn var, rak þræll af honum í einu þann lim, sem eftir skapan náttúrunnar hafa þess kyns kvikendi til getnaðar sem önnur dýr, þau sem aukast sín á milli, ok eftir því, sem fornskáldin vísa til, heitir vingull á hestum. Ok svá sem þrællinn hefir hann af skorit ok ætlar niðr at kasta á völlinn hjá sér, hleypr bóndason til hlæjandi ok grípr við ok gengr inn í stofu. Þar var fyrir móðir hans, dóttir hennar ok ambátt. Hann hristir at þeim vingulinn með mörgum kallsyrðum ok kvað vísu:

> Hér meguð sjá
> heldr röskligan
> vingul skorinn
> af viggs föður.

> Þér er, ambátt,
> þessi Völsi
> allódaufligr
> innan læra.

Ambáttin skellir upp ok hlær, en bóndadóttir bað hann út bera andstyggð þessa. Kerling stendr upp ok gengr at öðrum megin ok grípr af honum ok segir, at hvárki þetta né annat skulu þau ónýta, þat sem til gagns má verða, gengr fram síðan ok þurrkar hann sem vandligast ok vefr innan í einum líndúki ok berr hjá lauka ok önnur grös, svá at þar fyrir mætti hann eigi rotna, ok leggr niðr í kistu sína.

Líðr nú svá á haustit, at kerling tekr hann upp hvert kveld með einhverjum formála honum til dýrkanar, ok þar kemr, at hon vendir þangat til öllum sínum átrúnaði ok heldr hann fyrir guð sinn, leiðandi í sömu villu með sér bónda sinn ok börn ok allt sitt hyski. Ok með fjandans krafti vex hann svá ok styrknar, at hann má standa hjá húsfreyju, ef hon vill. Ok at svá gervu tekr kerling þann sið, at hon berr hann í stofu hvert kveld ok kveðr yfir honum vísu fyrst manna, fær síðan bónda ok svá hverr frá öðrum, þar til sem kemr at lokum til ambáttar, ok skyldi hverr maðr kveða yfir honum vísu. Fannst þat á hvers þeira ummælum, hversu hverju þeira var um gefit.

2. Óláfr konungr hitti andnesmenn.

Þat hafði verit einhverju sinni, áðr en Óláfr konungr varð landflótta fyrir Knúti konungi, at hann helt skipum sínum norðr með landi. Hann hafði frétt af þessu andnesi ok þeiri ótrú, er þar fór fram. Ok með því at hann vildi þar sem annars staðar fólkinu snúa til réttrar trúar, segir hann fyrir leiðsögumanninum, at hann skal af víkja leiðinni ok til þeirar hafnar, er liggr undir fyrrgreindu andnesi, því at byrr var hægr. Koma þeir síð dags í þessa höfn. Lætr konungr tjalda yfir skipum, en segir, at þeir skulu á skipum liggja um nóttina, en hann vill ganga heim til bæjar ok biðr fara með sér Finn Árnason ok Þormóð Kolbrúnarskáld.

Þeir taka sér allir grákufla ok steypa útan yfir klæði sín ok ganga svá heim til bæjar um kveldit í húmi, víkja af til stofu ok setjast á bekk annan ok skipa svá sessum, at Finnr sitr innstr, þá Þormóðr, en konungr yztr, bíða þar, til þess er myrkt er orðit, svá at engi maðr kemr í stofu. Ok eftir kemr innar kona með ljósi, ok var þat bóndadóttir. Hon heilsar mönnum ok spyrr þá at nafni, en þeir nefndust allir Grímar. Hon gerir þá upp ljós í stofunni. Hon sér jafnan til gestanna, ok lengst horfir hon á þann, er yztr sitr. Ok svá sem hon býst fram at ganga, verðr henni ljóð á munni ok mælti svá:

Ek sé gull á gestum
ok guðvefjar skikkjur.
Mér fellr hugr til hringa.
Heldr vil ek þing en ljúga.
Kenni ek þik, konungr minn.
Kominn ertu, Óláfr.

Þá svarar hann tilkvámumaðr, sá er yztr sat: „Lát þú kyrrt yfir því, þú ert kona hyggin."
Ekki skiptust þau fleirum orðum við. Gekk bóndadóttir fram, ok litlu seinna kemr inn bóndi ok sonr hans ok þræll. Sezt bóndi í hægsæti, sonr hans upp hjá honum, en þræll yfir lengra frá honum. Eru þeir kátir við gestina af kyrt þeiri.

Síðan er snúit hýbýlum á leið ok tekit borð ok settr matr fram. Bóndadóttir settist upp hjá bróður sínum, en ambátt hjá þræli. Grímar sitja allir samt, sem fyrr var sagt. Síðast kemr innar kerling ok berr Völsa í fangi sér ok gengr at hægsætinu fyrir bónda. Ekki er þess getit, at hon kveddi gestina. Hon rekr af dúkana af Völsa ok setr á kné bónda ok kvað vísu:

Aukinn ertu, Völsi,
ok upp of tekinn,

líni gæddr,
en laukum studdr.
Þiggi mörnir
þetta blæti,
en þú, bóndi sjálfr,
ber þú at þér Völsa.

Bóndi lét sér fátt um finnast, tók þó við ok kvað vísu:

Mundi eigi,
ef ek um réða,
blæti þetta
borit í aftan.
Þiggi mörnir
þetta blæti,
en þú, sonr bónda,
sé þú við Völsa.

Bóndasonr greip við honum ok yppir Völsa ok vindr at systur sinni ok kvað vísu:

Beri þér beytil
fyrir brúðkonur.
Þær skulu vingul
væta í aftan.

Völsa þáttr

Þiggi mörnir
þetta blæti,
en þú, dóttir bónda,
drag þú at þér Völsa.

Hon gerir sér heldr fátt um, en varð þó at fylgja
hýbýlaháttum, tók heldr tæpt á honum ok kvað þó
vísu:

Þess sverk við Gefjun
ok við goðin önnur,
at ek nauðig tek
við nosa rauðum.
Þiggi mörnir
þetta blæti,
en þræll hjóna,
þríf þú við Völsa.

Þrællinn tekr við ok kvað:

Hleifr væri mér
hálfu sæmri,
þykkr ok ökkvinn
ok þó víðr,
en Völsi þessi
á verkdögum.

Þiggi mörnir
þetta blæti,
en þú, þý hjóna,
þrýstu at þér Völsa.

5 Ambáttin tekr við honum mjök blíðliga, vefr hann at sér ok klappar honum ok kvað vísu:

Víst eigi mættak
við of bindask
í mik at keyra,
ef vit ein lægim
í andkætu.
Þiggi mörnir
þetta blæti,
en þú Grímr, gestr várr,
gríp þú við Völsa.

Finnr tók þá við ok helt á. Hann kvað þá vísu:

Legit hefk víða
fyrir andnesjum,
snævgum höndum
segl upp dregit.

Völsa þáttr

> Þiggi mörnir
> þetta blæti,
> en þú Grímr, griði minn,
> gríp þú við Völsa.

Hann fekk þá Þormóði. Tók hann við ok hugði at allglöggliga, hversu Völsi er skapaðr. Brosti hann þá ok kvað vísu:

> Sákat forðum,
> þó hefk farit víða,
> flennt reðr fyrri
> fara með bekkjum.
> Þiggi mörnir
> þetta blæti,
> en þú, Aðal-Grímr,
> tak enn við Völsa.

Konungr tók við ok kvað vísu:

> Verit hefk stýrir
> ok stafnbúi
> ok oddviti
> allra þjóða.
> Þiggi mörnir
> þetta blæti,
> en þú, hundr hjóna,
> hirtu bákn þetta.

Hann kastaði þá fram á gólfit, en hundrinn greip þegar upp. En er kerling sá þat, þá var hon öll á flugi. Brá henni mjök við ok kvað vísu:

        Hvat er þat manna
5   mér ókunnra,
        er hundum gefr
        heilagt blæti?
        Hefi mik of hjarra
        ok á hurðása,
10   vita ef ek borgit fæ
        blætinu helga.

        Legg þú niðr, Lærir,
        ok lát mik eigi sjá,
        ok svelg eigi niðr,
15   sártíkin rög.

Konungr kastar þá af sér dularklæðunum. Þekkist hann þá. Telr hann þá trú fyrir þeim, ok var kerling treg til trúarinnar, en bóndi nökkuru fljótari, en með krafti guðs ok kostgæfi Óláfs verðr þat at lyktum,
20 at þau taka öll trú ok eru skírð af hirðpresti konungs ok heldu vel trú síðan, er þau urðu áskynja, á hvern þau skyldu trúa, ok þekktu skapara sinn, sáu nú,

hversu illa ok ómannliga þau höfðu lifat ok ólíkt öllum öðrum góðum mönnum.

Má þat í slíku sýnast, at Óláfr konungr lagði allan hug á at eyða ok af má alla ósiðu ok heiðni ok fordæðuskap einn veg á inum yztum útskögum Nóregs- veldis sem í miðjum heruðum meginlandsins. Hafði hann á því mesta hugsan at draga sem flesta til réttrar trúar. Er þat nú ok auðsýnt orðit, at hann hefir svá gert þessa hluti ok alla aðra, at guði hefir líkat.

BRANDS ÞÁTTR ÖRVA

Ú er frá því sagt, at á einu sumri kom til Nóregs útan af Íslandi Brandr, sonr Vermundar í Vatnsfirði. Hann var kallaðr Brandr inn örvi. Var honum þat sannnefni. Brandr lagði skipi sínu inn til Niðaróss.

Þjóðólfr skáld var vinr Brands ok hafði margt sagt Haraldi konungi frá Brandi, hvé mikill mætismaðr hann var ok vel at sér, ok svá hafði hann mælt, Þjóðólfr, at honum þætti eigi sýnt, at annarr maðr væri betr til konungs fallinn í Íslandi fyrir sakir örleika hans ok stórmennsku.

Hann hefir sagt konungi margt frá örleikum hans, ok mælti konungr: „Þat skal ek nú reyna," segir hann. „Gakk til hans ok bið hann gefa mér skikkju sína."

Þjóðólfr fór ok kom inn í skemmu, þar er Brandr var fyrir. Hann stóð á gólfinu ok stikaði léreft. Hann var í skarlatskyrtli ok hafði skarlatsskikkju yfir sér, ok var bandit uppi á höfðinu. Hann hafði öxi gullrekna í handarkrikanum.

Þjóðólfr mælti: „Konungr vill þiggja skikkjuna."

Brandr helt fram verkinu ok svaraði engu, en hann lét falla af sér skikkjuna, ok tekr Þjóðólfr hana upp ok færir konungi, ok spurði konungr, hversu færi með þeim. Hann segir, at Brandr hafði engi orð um, segir síðan, hvat hann hafðist at ok svá frá búningi hans.

5 Konungr mælti: „Víst er sjá maðr skapstórr ok mun vera mikils háttar maðr, er honum þótti eigi þurfa orð um at hafa. Gakk enn ok seg, at ek vil þiggja at honum öxina þá ina gullreknu."

Þjóðólfr mælti: „Ekki er mér mikit um, herra, at
10 fara oftar. Veit ek eigi, hversu hann vill þat virða, ef ek kref vápns ór hendi honum."

„Þú vakðir umræðu um Brand, bæði nú ok jafnan," segir konungr, „enda skaltu nú fara ok segja, at ek vil þiggja öxina þá ina gullreknu. Ekki þykkir
15 mér hann örr, nema hann gefi."

Ferr Þjóðólfr nú til fundar við Brand ok segir, at konungr vill þiggja öxina. Hann réttir frá sér öxina ok mælti ekki. Þjóðólfr færir konungi öxina ok segir, hvé fór með þeim.

20 Konungr mælti: „Meiri ván, at þessi maðr muni vera fleirum örvari, ok heldr fénar nú of hríð. Farðu enn ok seg, at ek vil hafa kyrtilinn, er hann stendr í."

Þjóðólfr segir: „Ekki samir þat, herra, at ek fara oftar."

25 Konungr mælti: „Þú skalt fara at vísu."

Ferr hann enn ok kemr í loftit ok segir, at konungr vill þiggja kyrtilinn. Brandr bregðr þá sýslunni ok steypir af sér kyrtlinum ok mælti ekki. Hann sprettir af erminni annarri ok kastar braut síðan kyrtlinum, en hefir eftir ermina aðra. Þjóðólfr tekr hann upp ok ferr á fund konungs ok sýnir honum kyrtilinn.

Konungr leit á ok mælti síðan: „Þessi maðr er bæði vitr ok stórlyndr. Auðsét er mér, hví hann hefir erminni af sprett. Honum þykkir sem ek eiga eina höndina, ok þá þó at þiggja ávallt en veita aldrigi, ok fari nú eftir honum."

Ok var svá gert, ok fór Brandr til konungs ok þá af honum góða virðing ok fégjafar, ok var þetta gert til raunar við hann.

NOTES

(For persons and places see Index of Names)

3/1–3 The heading in *Flb* (column 264) is 'Einarr hjálpaði Halldóri eftir v(íg)'; in AM 62 fol. it is 'Síðasti þáttr Óláfssögu Tryggvason(ar) Nóregs konungs'.

5/1 Snorri goði (964–1031) is well known from several sagas, particularly *Laxdælasaga* and *Eyrbyggja saga*. In his time he was one of the most influential men in Iceland.

5/3 The story of Haraldr harðráði's adventures in Constantinople and the Mediterranean area between his escape from the battle of Stiklastaðir in 1030 in which St Óláfr died and his return to Norway in 1046 is told in various versions of *Haralds saga*; see *Msk* 56–88, *Hkr* III 68–91, and S. Blöndal, *The Varangians of Byzantium*, tr. B. S. Benedikz, 1978, pp. 54–102. Halldórr Snorrason is frequently mentioned in these accounts and was evidently on close terms with Haraldr. In *Þorsteins þáttr sögufróða* (*ÍF* XI 335–36; *Msk* 199–200, *Fms* VI 354–56) an Icelandic story-teller is said to have entertained King Haraldr's court for several evenings with an account of their adventures which he is said to have learned from Halldórr during several successive meetings at the Icelandic Alþingi (cf. 6/1–3 below and *Hkr* III 79). This *þáttr* is however probably a late literary reconstruction, and it is not likely that the extant stories of Haraldr's adventures resemble closely oral accounts brought back by his companions; they contain many story motives that have close parallels in literary narratives from other parts of Europe relating to other heroes (see J. de Vries, 'Normannisches Lehngut in den isländischen Königssagas', *Arkiv för nordisk filologi* 47 (1931), pp. 51–79; A. H. Krappe, 'The Sparrows of Cirencester', *Modern Philology* 23 (1925–26), pp. 7–16).

5/6 Eilífr is not known from other sources.

5/12 Compare the comment on the Icelandic character in *Hreiðars þáttr* 145 (*Two Icelandic Stories* p. 51).

5/15 Einarr þambarskelfir was remembered for his part in the last battle of Óláfr Tryggvason in AD 999; see *Hkr* I 362–63 and II 27. He would have been very old by the time of Halldórr's visit to him. He was killed by King Haraldr's men in about 1049–50 (*Hkr* III 125–26; *NION* II, VII B). He was renowned as a bowman, and his nickname may refer to that (see glossary), but originally it may have meant 'paunch-shaker' (*þömb*: belly) because he was very fat. It appears in a verse attributed to Haraldr harðráði in *Hkr* III 124 and elsewhere, though some manuscripts have the alternative form '-skelmir' as the second element, which might have been interpreted by Icelanders as 'devil, rogue'.

5/23 The jarls of Hlaðir (now Lade, near Trondheim in northern Norway), were a powerful family in the tenth and eleventh centuries. Hákon (inn ríki) Sigurðarson was ruler of Norway from about 974 to 995. He was killed during Óláfr Tryggvason's struggle for the throne. His alternative nickname 'inn illi' probably relates to his heathen practices and apostasy (*Hkr* I 241, 260, 286).

Bergljót appears in several places in *Heimskringla*, where her personality is presented in a way that corresponds more or less to her role in this story (cf. *Hkr* II 27, III 122, 125–26).

6/4 Kali is not known from other sources.

6/12 In *Flb* (column 264) there is the word 'aðra' before 'menn'.

'Níð' was a formal, perhaps even ritual insult, usually in verse, and was considered highly damaging to a man's honour. The law books prescribe severe penalities for both composers and circulators of 'níð'. It was common for it to contain accusations of sexual perversion (cf. 6/23 below). See F. Ström, '*Níð, ergi* and Old Norse moral attitudes', Dorothea Coke memorial lecture, London 1974; T. L. Marky, 'Nordic níðvísur', *Mediaeval Scandinavia* 5 (1972), pp. 7–18; Bo Almqvist, *Norrön Niddiktning* I–II, 1965–74.

6/25 There are several examples of the word 'mörlandi', which refers to some of the less attractive items of Icelandic diet, being applied to Icelanders by foreigners, usually Norwegians, in medieval texts. See *Þorvalds þáttr tasalda*, *ÍF* IX 123 n.; *Gull-Ásu-Þórðar þáttr*, *ÍF* XI 348; *Biskupa sögur* 1858–78, I 357, 811.

6/27–29 This is a reference to a story found in *Msk* 80–82 and *Fms* VI 164–66 (cf. *Hkr* III 85–86). Kali's account seems to be not quite accurate.

7/8 The demonstrative 'þá' is to be taken with 'náskylda': 'relatives, those (who are) closely related to me'. It is unusual to anticipate the pronoun that introduces a relative clause with an identical form ('þá . . . þá sem'), even when the clause is separated from its antecedent (see Heusler 489 n. 2, pp. 161–62); but cf. 53/8 below.

8/8 Eindriði appears in several places in *Heimskringla*; he was killed along with his father in about 1049–50 (*Hkr* III 125–29; *NION* II, VII B).

8/18 Magnús góði was king of Norway from 1035 to 1047. In *Hkr* II 415 he is said to have been brought back to Norway from Russia by Einarr and Kálfr Árnason, and to have become 'foster-son' of the latter (cf. *Hkr* III 24); but both Einarr and Kálfr are said to have fostered him in *Flb* III 262–63 (*Msk* 18–20; cf. *Fms* VI 21 and 24).

9/6–7 Compare the remarks about Halldórr's character at 29/10–12.

9/23–24 The defence of Ormr inn langi at the battle of Svölðr in which Óláfr Tryggvason lost his throne was famous in Norse stories; see *Hkr* I 355–66.

9/25 *Flb* (column 265) begins a new chapter here, with the heading 'Saga Einars'.

Kolbeinn stallari (sometimes called Kolbjörn) is said in *Hkr* I 366 to have been captured and given 'grið' after the battle of Svölðr, though his subsequent fate is not mentioned there (cf. *Flb* I 492–94, *ÓTM* II 286–89). In Oddr *ÓT* 230, 232–33 two men are mentioned, Kolbjörn hinn upplenzki and Kolbjörn stallari; it is uncertain whether these two were in fact the same person, but later in *Halldórs þáttr* (12/28 below) Kolbeinn stallari is said to live in Upplönd.

9/26 Flesmu-Björn is not mentioned elsewhere, unless he is the same as Björn að (or af) Stuðlu(m), who appears in Oddr *ÓT* 230, *Flb* I 494, and *ÓTM* II 289 in the list of those who survived the battle of Svölðr with Einarr and Kolbjörn (or Kolbeinn). 'Flesma' perhaps means 'wound'.

9/28–29 The text here follows AM 54 fol.; *Flb* (column 265) omits 'því at . . . sextögr'. 'Á honum' means on Ormr inn langi. 'Engi . . . ok eigi': anacoluthon ('no one younger than . . . or older than . . .'; lit. 'no one younger than . . . and (he should) not (be) older than . . .'). *Flb* (column 837) has 'engi . . . ok enginn' which provides smoother grammar.

These age-limits for the crew of Ormr inn langi are repeated by Snorri Sturluson in *Hkr* I 344. In *Flóamannasaga* (ed. Finnur Jónsson, 1932, p. 3) it is said to have been at one time 'lög' that the minimum age to take part in an expedition was 20 (though Leifr was allowed to go at 18). Compare the qualifications for joining the Jomsburg vikings (between the ages of 18 and 50, see *The Saga of the Jomsvikings*, ed. N. F. Blake, 1962, p. 17) and the Hálfsrekkar (who had to be at least 18, though Hálfr himself began at the age of 12; see *Hálfs saga ok Hálfsrekkar*, ed. A. Le Roy Andrews, 1909, p. 92).

10/1 'þrimr' is supplied from AM 62 fol. (it is lacking in *Flb* column 265).

10/3 The mysterious disappearance of the king in his last battle is related among other places in *Ágrip af Nóregskonungasǫgum*, ed. M. J. Driscoll, 1995, pp. 32–35; Oddr *ÓT*, p. 230).

10/22–11/5 Three marks (i.e. 24 aurar) seems traditionally to have been considered a standard maximum price for a slave, while an average slave ('meðalþræll') was reckoned to cost 12 aurar; see *Egils saga*, *ÍF* II 279, *Eyrbyggja saga*, *ÍF* IV 86 and 118, *Laxdæla saga*, *ÍF* V 23–24, and *Grágás* Ia, ed. V. Finsen, 1852, p. 192. Cf. A. Gjessing, 'Trældom i Norse', *Annaler for Nordisk Oldkyndighed og Historie* 1862, pp. 123–25; C. Nevéus, *Trälarna i landskapslagarnas samhälle. Danmark och Sverige* (Studia historica Upsaliensia 58, 1974), pp. 37, 40, 55, 58, 73, 95, 120, 143.

11/14–15 Such use of present participles, which probably originated in imitation of Latin usage, becomes particularly common in some kinds of Icelandic prose in the later thirteenth and fourteenth centuries, especially in romance sagas and clerical writings. See H. Bekker-Nielsen et al., *Norrøn Fortællekunst*, 1965, pp. 134–36; Jónas Kristjánsson, 'Learned style or saga style?', *Speculum Norroenum* (1981), 260–92.

11/18–19 Anacoluthon; either the second 'at' in line 18 or 'at hann' in line 19 could have been omitted to make the syntax smoother.

Notes

11/19 'Þessi' is presumably 'this other one', i.e. the slave mentioned at 10/15–26 above (evidently Flesmu-Björn).

12/3 I.e. 'this will not amount to less than your reckoning'.

12/16 'Then say I: there would have been a time when . . .'

12/19 'lítt att': i.e. 'líttat' (it is written as one word in *Flb* and AM 62 fol.), = 'lítt þat' (somewhat, a little). 'Kippa' takes a dative object without a preposition.

13/6–7 Anacoluthon; 'You alone (i.e. of all of you), I think, value not being a slave highest.'

13/19 The first 'ok' introduces the reason for or purpose of the action denoted by the first verb. The sentence would have been less clumsy if the first 'er' had been left out.

17/1 The *þáttr* is not marked as a separate story in Hulda; the text here printed begins with what is the third sentence of a chapter in the manuscript, which has no heading there, though the first word is written with an elaborate initial H. Both chapter divisions and headings in the text printed here are editorial.

17/3 Cf. note to 5/3 above. 'Sem áðr er sagt' refers to an earlier passage in the text of *Haralds saga* of which this story forms part.

17/10–12 This war is described in *Hkr* III 108 ff. It continued throughout most of King Haraldr's reign.

17/16 I.e. many men would have become homesick sooner, Halldórr had been away a long time before becoming homesick.

18/2 'Skipverjar' here are not crew in the modern sense (i.e. employees of the owner of the vessel) but participants in the voyage, men with their own cargo of wares willing to buy a place on the ship (and help in sailing it) to transport themselves and their goods to a foreign market. This was a common way for trading voyages to be organised.

18/28–29 'Miklu fleiri . . . en ek mega öllum veita' is tautological: 'many more than that I can grant (it) to them all', i.e. 'far too many for me to be able to say yes to them all'.

19/1 'They are practically breaking into the house where I am staying', or 'into the house to get to me'.

19/6 'At konungi' is altered in Hulda to 'atkoma konungs'.

19/23 Þórir is not known from other sources.

19/27 The third person form 'er' gradually replaces 'em' for the first person singular of the present of 'vera' in the late Middle Ages, and has become normal in modern Icelandic.

20/3 'Minni at drekka' and 'um aðra hluti' are both dependent on 'færr' and parallel to 'at fylgja hirðsiðum'. On these customs see *ÍF* II 108, 125, and notes.

20/9 Bárðr seems not to be known from other sources, though the name is common and is borne by other courtiers of King Haraldr; see for example *Sneglu-Halla þáttr* (*ÍF* IX 264).

20/15 I.e. he had easily drunk half of the cup-full he was sharing with Þórir. When drinking in pairs, each man had to drink his full share or he was considered to be shirking (see note to line 28 below). In line 16 'honum' refers to Þórir.

20/17 Cf. 'lengi skal manninn reyna', which means nearly the same thing (*Grettis saga*, *ÍF* VII 72).

20/28 I.e. it was Þórir's share of the drink in the horn, and Halldórr was drinking some of it for him. On drinking 'sleitiliga' (or 'sleituliga') see *Orkneyinga saga* ch. 66 (*ÍF* XXXIV 153 and note) and *Egils saga* (*ÍF* II 125).

20/29 From here the text begins to follow mainly the text of *Msk*. 'Hann' is accusative and refers to Þórir; 'til': i.e. back to. For 'skapker' see *ÍF* II 17 and the illustration facing p. 225 in that volume.

21/8 'Um' here is pleonastic, since 'vert' is an adjective in agreement with 'orðaframkast'. 'Um vert' becomes a fixed phrase from the occasions when no noun follows (e.g. 'svá þótti honum mikils um vert', 'he took it so much to heart', *ÍF* XXXIV 173); cf. *ÍF* VII 122: 'Öllum þótti mikils um vert um þetta verk.'

21/12 On the imposing of 'víti' for offending the rules of conduct at court cf. 7/21 ff. above and *Hallfreðar saga* (*ÍF* VIII 162 and note); and cf. *SnE* 55.

21/13 *Kertisveinar* were men in the king's service, of lower rank than both *hirðmenn* and *gestir*, but still with an honourable position; see *Hirðskrá* ch. 47 (*Norges gamle Love indtil 1387* II, ed. R. Keyser and P. A. Munch, 1848, p. 443).

21/13–14 The text here is from Hulda.

22/2 Sigurðr sýr was King Haraldr's father, and a local king in Norway; he died about 1018. Though the nickname 'sýr' may originally not have meant 'pig', there are several references to it in Icelandic narratives that show it was understood to mean that (perhaps by a pun), and King Haraldr's sensitivity to mention of his father's nickname appears in several places (see 35/14 ff. below and *Hreiðars þáttr* 412 ff. and note, *Two Icelandic Stories* pp. 60 and 92–93). On Snorri goði see note to 5/1 above; a 'goði' was priest/chieftain in heathen Iceland and this was the highest rank in Icelandic society (cf. 26/4–6 below), though it is not clear why just some of those who held the office were given the title as a surname. Halldórr is implying that his descent is as good as if not better than the king's; in *Hkr* II 41 Sigurðr sýr is depicted as a rather unheroic figure.

22/7 Coins survive from Haraldsslátta, many of which are a good deal less than half silver (mixed with copper and zinc); see *ÍF* 261 and K. Skaare, *Coins and Coinage in Viking-Age Norway*, 1976, pp. 9–11 and 79–85.

22/14 Anacoluthon: 'The king will think he has been treated dishonourably and (that) he has been subjected to unjustified criticism'.

23/1–2 'You may be sure that you will find it difficult to get anyone as good in place of him for the prow of your ship.' The viking longship was divided into up to seven 'rúm', i.e. spaces between benches or bulkheads, each of which would be occupied by several fighters. The foremost was the 'stafn', where the deck was probably usually built up to form a sort of forecastle, and would have been considered the most important position both for navigation (since a look-out man would be stationed there, cf. 23/10 ff.) and fighting, since the men in it would often be the first to engage the enemy. These men were called 'stafnbúar', though at 59/18 the word may be used metaphorically. Cf. H. Falk, *Altnordisches Seewesen*, 1912, pp. 82–85.

23/15 'at því varð þeim': 'that is what happened to them', 'it happened to them accordingly', i.e. in accordance with Halldórr's warning. Cf. *Grettis saga*, *ÍF* VII 121: 'ok at því mun mörgum verða' (as many will find out to their cost, and many will come up against it).

23/16 There is a similar incident with damage to a ship's 'undirhlutr' in *Grettis saga*, *ÍF* VII 55 (cf. footnote 3).

23/17 I.e. other ships came to the rescue and towed the crippled ship to land. 'Þá' appears to be the adverb 'then'; the object of 'flytja' is the ship (understood).

23/18 Since 'skjóta' is usually followed by the dative, the passive with a nominative (or accusative?) is surprising; 'tjaldi' would be more normal.

23/22 This looks like a traditional set phrase, though it does not seem to be recorded elsewhere. Hulda adds 'ef sinn veg fara hvárir' after 'vára'.

24/17–19 'I cannot see that there has ever been such a treacherous failure in my service as there is in the king's payment', i.e. nothing I've done warrants such treatment.

25/20 Sveinn is not known from other sources, and Lyrgja is also not identifiable, though it may be an error for or variant form of Lygra, an island off Hordaland. There is also a nickname Lygra that alternates with Lyrgja (see for example *Hkr* I 316).

26/3 The text here follows Hulda.

26/17 'Ok haldast þat' i.e. 'ok hvárt þat skyldi haldast'.

26/19 Both *Msk* and Hulda have 'til' after 'kvaddi', in accordance with usual idiom; the omission is presumably a printer's error.

26/19–27 Several words in this passage are illegible in *Msk* and have been supplied, where possible from Hulda, but otherwise by the editor.

27/13 Both *Msk* and Hulda have 'skipverðsins', not 'kaupverðsins'.

27/16 Evidently Halldórr has now acquired another ship. It seems that it was lying at anchor near Brattaeyrr, not moored to the shore; note the reference to the ship's boat at 28/24. In Hulda/Hrokkinskinna it is specifically stated on two occasions (at the points corresponding to 27/19 and 28/23) that they have to row to and from the ship.

27/26 It is Halldórr that speaks.

28/6 'Svá . . . at mitt sé vænna': 'in such a way that I shall have a better opportunity', i.e. than at this moment; or perhaps 'in such a way that I shall (again) have the advantage (over you)'. The implied comparison is either 'en nú' or 'en þitt'.

28/14 The first sentence of the queen's reply is taken from Hulda; it is not in *Msk*.

28/24 'At báti': i.e. engaged in pulling the ship's boat aboard (cf. note to 27/16 above).

29/4–18 This passage is from Hulda; it is not in *Msk*. See introduction, p. xiii above.

29/8–9 As punctuated, this sentence has a double construction: 'he was the one of all his men who least . . . whether he had to face . . . or . . . then he was . . .' The difficulty is removed if a full stop is placed after 'hluti' as in *Hkr* III 119.

29/10–12 There is an example of how Halldórr reacted to trouble at 9/6–7.

29/15 In this sentence 'er' perhaps means 'since, it being the case that', or simply 'when': 'this was unseemly in relation to King Haraldr when he had plenty of other followers' (i.e. after he became king). In *Hkr* III 120 'þá' is included after 'illa'.

29/22 I.e. if he went, his honour would be as great as it had ever been. The form 'vildi farit hafa' is evidently used because Halldórr did not in fact go, but the second pluperfect does not fit happily into the reported speech construction (the phrase is omitted in Hulda). It is perhaps a thoughtless (scribal) repetition of the tense of 'skyldi verit hafa' ('vildi fara' would be more logical).

29/23–30/5 Here the text of Hulda is followed; in *Msk* the passage is much abbreviated.

29/27 I.e. they will not come into conflict again, they will be quits, content with their present lot.

30/15 The last line is from Hulda. Instead, *Msk* ends the story with 'Ok er nú Halldórs hér ekki við getit heðan í frá'.

31/1 The title in AM 557 4to is 'Saga Stúfs', in AM 533 4to 'Frá Stúf Kattarsyni'.

33/2 Þórðr's father was called Glúmr (see 43/3 below), but it is usually his mother's name that is given, as here. Cf. *ÍF* V 86–87.

33/3 Guðrún Ósvífrsdóttir is a chief character in *Laxdœla saga* (*ÍF* V).

33/7 In the northern part of Norway, though not necessarily in the area now known as North Norway. At 38/23 Stúfr's business seems to have taken him at least as far north as Kaupangr, though in the other version of the story he has to go to Vík to claim his inheritance (46/8, 47/11).

33/8 On 'sundaleið' see *ÍF* II, footnotes on pp. 46 and 199.

34/3 'Fara at veizlum' is a phrase denoting the king's 'progress' round the country receiving maintenance for himself and his retinue as a form of service or taxation from landowners (cf. *ÍF* XXVII 100). It formed a substantial part of the royal revenue. The present visit is not part of the official progress, so the entertainment does not need to be so lavish.

Notes

34/9 'Útar' means further out from the chief seat for the most honoured guest which Stúfr had been occupying, which would have been halfway along the table, opposite the master of the house (see 33/12 above). Towards the ends of the tables were the lower-ranking seats.

34/11 'I should have thought it unnecessary (unjustified) for you to . . .' — i.e. the master of the house is now withdrawing his invitation to Stúfr to sit opposite him in the highest guest seat.

34/13 'Þat horfir til gamans': compare the similar expectation of the Norwegians in *Hreiðars þáttr* 300 ff. (*Two Icelandic Stories* p. 57) when they find an Icelander to tease. The king presumably recognises Stúfr to be an Icelander from his speech. He will naturally sit in the master of the house's seat, and invites Stúfr to remain sitting opposite him in the highest guest seat (cf. 34/23–24 below).

34/19 'Sem þeir verða til búnir', i.e. when the king's men have prepared their (own) meal (cf. 34/4 above).

34/29 See A. Holtsmark, 'Kattar Sonr', *Saga-Book* XVI, 1962–65, pp. 144–55.

35/15 Cf. note to 22/2 above. 'En ek mynda' means 'but that I must have' (dependent on 'ætla'). The text follows AM 557 and 589 4to; AM 533 4to has 'en því leita ek þessa dæma', which would constitute Haraldr's admission of his intention, while the text printed refers to what Haraldr imagines Stúfr thought his intention was, namely that the king was not asking to find out the answer, but to provoke Stúfr. 'Leita dæma' means 'seek instances', i.e. bring up a subject, pursue a line of enquiry. One of the meanings of 'dæmi' is 'reason for or substantiation of something, a fact substantiating (or giving rise to) something'; cf. *SnE* 36/10 and 16 and 97/15.

35/22 All three manuscripts have 'talar', not 'talaði'.

36/14 On the number of poems cf. 45/14 below and note; and see introduction, p. 14.

36/19–20 A *flokkr* was a series of stanzas without refrain, while a *drápa* had a refrain, and sometimes more than one, in the form of a stanza or part of a stanza repeated at intervals. This more complex form of poem was considered more proper to offer a king than the simpler *flokkr*. Cf. *Gunnlaugs saga*, ed. P. G. Foote and R. Quirk (1953), p. 43 and note to 33/13; and ed. P. G. Foote (1957), pp. 22 and 41.

36/25–26 'For this reason (it will be) then (i.e. the next time we meet rather than now), sire, in order that this aspect of me (my knowledge of poetry) like every other may prove more impressive to you the more you get to know (of) me (or of it).' Stúfr wants to keep some of his talent in reserve. Having both 'þetta' and 'um mik' with 'reyndist' rather overloads the sentence.

37/4 Though it was not mentioned before, the room the king slept in was an upper room, access to which would normally be by a stair ('rið') on the outside of the building. Such rooms would often be the only private rooms available.

37/14 'Þat' is the request. The 'er' must mean 'when', unless it is an ordinary relative, in which case the 'hvers' changes the construction: 'I am not accustomed to grant a request of such a nature that I do not know what is being asked for.'

37/20 Glúmr Geirason was a well known poet, many of whose verses are quoted in the first part of *Heimskringla*. There are accounts of him in *Landnámabók* (*ÍF* I 284) and Reykdœla saga (*ÍF* X 204–12). Other poets related to Stúfr were Einarr skálaglamm, Úlfr stallari and Steinn Herdísarson.

38/2 'You are aiming rather high in your first attempt'.

38/10 I.e. 'ek verð þar við at hafa ráð' ('I must on that matter take the advice'); cf. 47/9 below. This procedure is mentioned in *Hirðskrá* ch. 30 (*Norges Gamle Love indtil 1387* II, ed. R. Keyser and P. A. Munch, 1848, p. 422).

39/18 Fragments of a *Stúfsdrápa* (eight verses in whole or part) are preserved as quotations in *Heimskringla* and other versions of kings' sagas or in *Snorra Edda* (four lines only); see *Skj* A I 404–05 and *CPB* II 222–23 (where there is also a translation). These fragments are however part of an elegy for the king, and it must be another poem that is referred to here; cf. 47/16–18 below. Nothing else survives of Stúfr's poetry.

39/19 'Ævintýr' is a late loanword in Icelandic (Old French 'aventure') and was probably not in the original text of the *þáttr*.

43/1 His name was Stúfr inn blindi according to *Msk* and *Flb* (and *Skáldatal*, see *Edda Snorra Sturlusonar*, Hafniæ 1848–87, III 275). Moreover according to the text of *Flb* at 43/5, he was blind all his life, but it is perhaps more likely that he only became blind in old age.

43/2 On Snorri goði see notes to 5/1 and 22/2 above. His fostering of Þórðr is mentioned in *Laxdæla saga* (*ÍF* V 100), and may be an addition to the original text of the *þáttr* derived from the saga; it is not referred to in the *Flb* text.

44/9 'Ónafnligt' means 'sounding unlike a (proper) name, an odd name'. 'Stúfr' means 'stump'. Stúfr himself is mentioned in various places, and there are examples of the use of the name in both Norway and Iceland later, but no other person of this name is known from early sources.

44/19 See note to 22/2 above. 'Hvárt' means 'which' rather than 'whether' here, cf. 44/12 and 34/28 above.

44/22 'Bekknum' is presumably a misprint; all manuscripts have 'bekkinn'.

45/1 'Sitja fyrir ádrykkju minni': 'face my drinking to him'. It seems to have been a common custom for participants in an evening's entertainment to drink (and thus presumably talk) together in pairs; a man was then obliged to keep pace with his drinking partner (cf. p. 20 above and notes). Stúfr refers to the king's drinking to him in one of his extant verses (*Hkr* III 206, *CPB* II 223). Cf. also *Egils saga*, *ÍF* II 122, *Msk* 289–90, *Fms* VI 439, *Kristni saga* ch. 11 (*ÍF* XV 29); though in some of these cases the reference is to drinking 'across the fire', i.e. to a person on the other side of the room, in which case conversation would be precluded.

45/4 'Til stofa' is a misprint for 'at sofa' (thus Hulda and Flateyjarbók; Morkinskinna is illegible here).

45/12 'Þat' anticipates the 'at' phrase (cf. 36/11 above).

45/14–15 See note to 36/19–20 above. The number of poems given here is the number according to the Hulda/Hrokkinskinna version of the *þáttr*. In *Flb* and *Msk* it is given as 'nökkverja tíu' ('ten or so'); cf. 36/14 above and introduction. According to *Flb* all the poems Stufr recited here were his own compositions (the corresponding text of *Msk* at this point is illegible).

46/4 The endings of the third person singular began to replace the original first person endings in the subjunctive in the later Middle Ages (cf. note to 19/27). The older form 'segja' is used at 46/15 and 47/4.

46/7 'Af': so *Msk*, *Flb*, Hrokkinskinna; Hulda has 'á'.

46/22 See note to 37/20 above.

47/12 'Sem' perhaps means 'when' here (*Flb* has 'þegar'), or perhaps 'as': 'in accordance with the king's instructions and authentication'.

47/17 Parts of this poem are preserved; see note to 39/18 above. There appears to be no connection between the poet and his poem 'Stúfa' and the *stúfar* in *Háttatal*.

51/1 The text of this *þáttr* corresponds to chs. 265–66 of *Óláfs saga helga* in *Flb*, but the manuscript does not indicate that it is a separate story, and the text printed here does not include the first sentence of ch. 265. The first chapter heading in this edition is editorial (as is the title of the *þáttr*). Ch. 265 in *Flb* has the heading: 'Konungr kristnaði menn norðr ókunniga'.

51/2 The poem is only known from this text and there is no certainty that it was old; it may even have been composed by the author of the story. It is unlikely that there was ever any more of it than is quoted in the extant text of the *þáttr*.

51/11 *Flb* lacks the 'á'.

Notes   83

51/12 *Flb* has 'einhverju'.

51/14 Kennings for 'woman' consisting of the name of one of the heathen goddesses with a dependent genitive denoting one of the attributes of a human woman (here the gold thread used in jewellery) are common in Norse poetry; cf. *PE* 239.

52/9 The eating of horseflesh was one of the heathen practices permitted as part of the compromise at the introduction of Christianity into Iceland according to *Íslendingabók* ch. 7 (*ÍF* I 17). There is quite a lot of evidence both for worship of horses and other kinds of ritual in which they figured in Scandinavian heathendom; see *MRN* 167–68, 249, 256.

52/4 It seems, however, that there are no examples extant of the use of 'vingull' in Norse poetry except those in the verses quoted in this *þáttr*.

53/11 'Hjá' is an absolute preposition or adverb ('next to it'). 'Svá at þar fyrir mætti hann eigi': 'so as to prevent it . . .' ('so that because of this it would not be able to'). In the lower margin of *Flb* at this point has been written 'Svei þér húsfreyja' ('Fie on you housewife').

54/1 This chapter heading is from *Flb*.

54/3 See *Hkr* II 327–28. This took place in AD 1023.

54/8 'Af víkja leiðinni ok til': 'change course and (make) for'.

54/13 Finnr Árnason was a historical character who figures prominently in the saga of St Óláfr. He was Norwegian, one of the king's most loyal followers, and seems to have been on close terms with him.

54/14 Þormóðr (an Icelander) is one of the main characters in *Fóstbrœðra saga*, as well as appearing in the saga of St Óláfr. He was one of the king's chief poets. His nickname refers to his entanglement with an Icelandic girl called Þorbjörg kolbrún ('coal-brow'); see *ÍF* VI 170 ff.

54/20 'Innar' means 'into the living-room ('stofa')' , as opposed to 'fram' (53/9, 54/25), which means 'out into the kitchen'.

54/22–23 I.e. they all said they were called Grímr. This is a common enough personal name, but it is also one traditionally adopted as a pseudonym for a disguised person in the sagas; see *Bárðar saga* ch. 8 (*ÍF* XIII 126), where it is adopted by Þórr; *Hálfdanar saga Eysteinssonar* chs 7–9, 15–16 (ed. F. R. Schröder, 1917, pp. 101–05, 116–18; here the name is adopted by two people together, a man and a woman); *Norna-Gests þáttr* and *Helga þáttr Þórissonar* (*Flb* I 347 and 360; here again there are two people who adopt the name together). It also appears as one of Óðinn's names in *Grímnismál* 46 and 47 (*PE* 66–67, *SnE* 27). Cf. *gríma* 'hood, mask, covering for face'.

55/4 The line as printed must mean 'I would rather admit I want these things than tell a lie', but this does not make good sense, and the manuscript in fact has not 'þing' but either 'bing' or 'biug', i.e. 'bjúg'. E. A. Kock, *NN* 2359, 2993 D, suggests that this is the feminine form of the adjective 'bjúgr' ('crooked, bent') and that the line means 'I would rather (be) crippled (or shrivelled) than tell a lie'. The omission of 'vera' (or 'verða') in this context seems however unidiomatic.

55/7 'Hann' is in apposition to 'tilkvámumaðr'; the sentence might be better punctuated: 'Þá svarar hann, tilkvámumaðr sá er yztr sat'. But it is possible that the scribe, who used an abbreviation for 'hann', intended 'henni'.

55/11 From the details given here and the order of the speeches that follow it seems that the household and guests sat in this order: Bóndi, sonr, dóttir, þræll, ambátt, Finnr, Þormóðr, Óláfr. It is not clear whether they are sitting round the table or all along one side of it (in which case the farmer must have been sitting at one end rather than in the middle), but since Óláfr is said to sit 'yztr' (54/19) it is perhaps the latter; though it is possible for the three guests to have been sitting opposite the members of the household. The latter must at any rate have been all on the same side of the farmer.

55/13 'Kyrt' is presumably an alternative form of 'kyr(r)ð' (silence), but the phrase seems odd in the context ('because of that silence' or 'because of that solitude (in which they lived)'?). Or the word 'kurt' might have been intended ('because of that courtly, i.e. strange, behaviour'). In either case 'þeira' would make rather better sense than 'þeiri': the word is abbreviated in the manuscript, and is not quite clear, though in fact it looks rather more like 'þeim'.

55/22 In this and the following verses (58/8, 60/8) 'of' has been printed where the manuscript has 'um'. 'Um' tended to replace 'of' both as adverb and preposition from the thirteenth century onwards, but it is not certain that these verses are so old that they would originally have had the form 'of'.

56/3 Mörn is found in some manuscripts of *Snorra Edda* in a list of names of female trolls (*SnE* 196/5, see footnote), and is apparently used here in the plural as a common noun. In *Haustlöng* verse 6 'faðir mörna' is used as a kenning for 'giant' (though in verse 12 the singular form is used, 'faðir Mörnar'; *SnE* 112/4, 113/8). But it is also possible that the author of the verses in *Völsa þáttr* took Mörnir as a masculine singular proper name. Cf. *MRN* 257–58; Bo Almqvist, *Norrön Niddiktning* I (1965), pp. 167–78 and 233.

57/8 For 'sverk' the manuscript has 'sver ek'; other verbal forms in the verses have been altered by the editor too: at 58/7 *Flb* has 'mætta ek', and at 58/17, 59/8 and 59/18 it has 'hefig'.

Gefjun is characterised in *SnE* 38 as the patroness of virgins, though in the account outside the framework of the stories in *Gylfaginning* (*SnE* 8) and in *Hkr* I 14–15 she has a very different nature (cf. *Lokasenna* verse 20, *PE* 100). It is uncertain whether there was ever a cult connected with her, and if so of what kind it was. In *Breta sögur* (*Hauksbók*, ed. Eiríkur Jónsson and Finnur Jónsson, 1892–96, p. 241) and *Gyðinga saga* (ed. Guðmundur Þorláksson, 1881, p. 24) she is identified with Diana/Artemis, in *Trójumanna saga* (ed. J. Louis-Jensen, 1963, p. 10), where there is a rather confused account of the judgement of Paris, apparently with Minerva/Pallas Athene, and in *Stjórn* (ed. C. R. Unger, 1862, p. 90) with Venus. See *MRN* 187–88; J. de Vries, *Altgermanische Religionsgeschichte*, 2nd edn. 1956–57, II 329–31; A. Holtsmark, *Studier i Snorres mytologi*, 1964, pp. 69–71.

57/19 Cf. *Rígsþula* 4 (*PE* 280):

> Þá tók Edda
> ökkvinn hleif
> þungan ok þykkan
> þrunginn sáðum.

Both *Rígsþula* and *Völsa þáttr* give rather stylised pictures of servants.

58/17–20, 59/17–20 These lines are similar to parts of verses 5–11 in *Orms þáttr* (*Two Icelandic Stories*, pp. 75–77). 58/17–18 lack alliteration; one could perhaps substitute 'úti' for 'víða' (cf. E. A. Kock, *NN* 3175).

59/6 *Flb* has 'var', not 'er'.

59/8 'Sákat' is another editorial archaisation; *Flb* has 'sá ek ei' ('ei' is another form of the negative adverb, equivalent to 'eigi').

59/10 Cf. 'flenna allt leðr Haralds reðri' in *Sneglu-Halla þáttr* (*ÍF* IX 294) and the discussion by P. Foote in 'Málsögulegt klám?', *Bjarnígull sendur Bjarna Einarssyni sextugum* (Reykjavík, 1977), pp. 48–52.

60/4–5 These two lines also occur in *Baldrs Draumar* verse 5 (*PE* 277).

60/8–11 'Lift me up to see if I can save'. It is not quite clear what the wife is doing here; she is maybe trying to cast spells, or perhaps just wants to be up higher to see more clearly what the dog is doing and to be able to speak to it without anyone being in the way.

60/13 The implied object of 'sjá' is presumably 'such a thing'.

61/8 'Nú' probably means the time of the author ('by now', i.e. since then): Óláfr's canonisation and the miracles performed after his death have by then shown clearly that God was pleased with him.

65/2 Vermundr (inn mjóvi) is mentioned in many sources and appears as a prominent character in *Eyrbyggja saga* (*ÍF* IV), where in one place (p. 153) he is said to have lived in Vatnsfjörðr in the north-west of Iceland (see note ad loc.).

65/6 Þjóðólfr Arnórsson is well known as one of King Haraldr's chief poets, and a lot of his verse has been preserved (*Skj* A I 361–83). He also is said to have come from the north of Iceland (in *Sneglu-Halla þáttr*, *ÍF* IX 263, 279) and to have died in 1066 (according to *Hemings þáttr*, ed. G. F. Jensen, 1962, pp. cxlv and 54; cf. *ÍF* IX cxii). See the account of him in G. Turville-Petre, 'Haraldr the Hard-ruler and his Poets', Dorothea Coke memorial lecture, 1968, pp. 10 ff.

65/7 '-maðr' is lacking in *Msk*.

65/10 Cf. *Msk* 251, where King Haraldr declares that Gizurr Ísleifsson had qualities that would fit him to be either a viking leader, a king or a bishop (he in fact became the last); and *Bandamanna saga*, *ÍF* VII 348–49. *Flateyjarbók* III 379 has the episode about Gizurr and King Haraldr in similar form to that in *Morkinskinna*. In *Hungrvaka* ch. 4 (*ÍF* XVI 14) it is slightly different, and the king only says in general terms that Gizurr would be very well suited to whatever title of honour he might obtain.

65/19 I.e. the tie of the cloak was up round his forehead to lift the cloak off his shoulders and give him greater freedom of movement for his arms.

66/8, 14 Deictic use of demonstrative and repeated article, see glossary under 'inn' and cf. *SnE* 50/8 (Heusler 410–11, pp. 126–27; *NION* I 85–86).

66/15 The implied object of 'gefi' is 'it' (the axe).

67/7 'Þá': 'that one (hand)' (acc. sg. f., in apposition to 'eina höndina', object of 'eiga'). The 'at'-phrase indicates the purpose of the one hand.

GLOSSARY

All words in the texts are glossed except common pronouns, but only select references are given. The following abbreviations are used:

a.	adjective	*n.*	neuter
abs(ol).	absolute(ly)	*neg.*	negative
acc.	accusative	*nom.*	nominative
adv.	adverb(ial)	*num.*	numeral
art.	article	*ord.*	ordinal
aux.	auxiliary	*o-self*	oneself
comp.	comparative	*p.*	past
conj.	conjunction	*pers.*	person
dat.	dative	*pl.*	plural
def.	definite	*poss.*	possessive
e-m	einhverjum	*pp.*	past participle
e-n	einhvern	*prep.*	preposition(al)
e-s	einhvers	*pres.*	present
e-t	eitthvert	*pres. p.*	present participle
e-u	einhverju	*pret. pres.*	preterite-present
f.	feminine	*pron.*	pronoun
gen.	genitive	*rel.*	relative
imp.	imperative	*sg.*	singular
impers.	impersonal	*s-one*	someone
indecl.	indeclinable	*s-thing*	something
inf.	infinitive	*subj.*	subjunctive
interrog.	interrogative	*subst.*	substantive
irreg.	irregular	*sup.*	superlative
m.	masculine	*sv.*	strong verb
md.	middle voice	*vb.*	verb
	wv.	weak verb	

Glossary 89

á (1) *pres. sg. of* **eiga**.
á (2) *f.* river 27/16.
á (3) *prep.* (1) *with acc.*, to 5/15, 12/28; into 9/11; onto 28/23, 52/16; on 10/6, 35/23; at 54/24; against 6/21; in, with, as regards 6/8, 45/19; *of time when*, 27/29. (2) *with dat.*, in 11/9, 53/25; on 9/23, 55/1; for 61/7; towards 9/18, 14/17; at 9/21, 13/4; *of time during which*, 43/7, 52/7, 57/21. (3) *as adv.*, 11/18, 26/25, 27/27, 35/24, 39/6, 61/4, 67/4; *see under verbs*.
áðr *adv.* before 8/21; already 8/29; on an (the) earlier occasion 23/25, 39/5; previously (just?) 9/11 (**þar sem . . . áðr**: after); first 14/13; in advance 37/12; above (in a book) 17/3. *As conj.*, before 14/7, 38/23; **áðr en** 46/4, 54/2.
ádrykkja *f.* drinking (to s-one); **sitja fyrir á. e-s**: be s-one's drinking partner 45/2 (*see note*).
af *prep. with dat.*, from 5/1, 11, 6/26, 18/17; off 52/10, 23; of, out of, from among 10/18, 18/18 (*partitive, see* **slíkr**); out of (*material*) 30/8; by (*agent*) 5/5, 60/20; about 54/5; because of 55/13. *As adv.*, with (it) 8/5; about (it) 25/19; off 22/4, 52/15, 66/29; away 61/4; see **heðan, líða, standast, víkja**.
afarkostir *m. pl.* harsh treatment 10/8.
afgamall *a.* ancient, decrepit 10/16.
afklæddr *a. (pp.)* undressed 36/1.
aftann *m.* evening 19/21; **í aftan**: this evening 56/12, 22; **síð um aftan**: late at night 27/20.
aftr *adv.* back 11/15, 13/20.
agi *m.* turbulence, hostility, warfare 17/11.
áhyggjusvipr *m.* appearance of worry, a look (expression) of anxiety 18/11.
áhöfn *f.* cargo 17/21.
ákals *n.* clamouring, importunate (insistent) demand 19/2.
akkeri *n.* anchor 28/24.
álag *n.* imposition, burdensome requirement 18/21.
albúinn *a. (pp.)* quite ready 27/18.
aldr *m.* age 6/4.
aldraðr *a. (pp.)* advanced in years, elderly 51/6, 10.
aldri, aldrigi *adv.* never 13/21, 67/7.

alengðar *adv.* for the future, in the long run, permanently (except for a short time) 9/5.

alhugaðr *a. (pp.)* in earnest, meant seriously 23/4 (*spelled* '**alogat**' *in Msk; perhaps adverbial*).

áliðinn *a. (pp.)* far spent; **á einu áliðnu hausti**: late one autumn 52/7.

alldýrr *a.* pretty dear 11/7.

allglöggliga *adv.* very closely (attentively, precisely) 59/6.

allglöggr *a.* very attentive; *n. as adv.*, with great discernment 39/5.

alllangt *a. n. as noun*, a very long time 26/5.

allódaufligr *a.* not at all dull, the opposite of dull (lethargic, weak) 53/3.

allr *a.* all 10/19, 11/21; every 59/20; **alla yðr**: all of you 12/10; the whole 26/27, 27/3; *as intensive*, entire(ly) 60/2, absolute(ly) 61/3; *n.* **allt**: everything 14/1, 36/25, 45/25; *as adv.*, **allt þar til**: right on until 36/7.

alls *conj.* since 35/17.

allvel *adv.* truly, very much, pretty 11/4; very well 39/10.

ambátt *f.* maidservant, female slave 51/17, 52/18, 53/1.

andkæta *f.* mutual pleasure (enjoyment) 58/11.

andlit *n.* face 10/13; **frá andliti sér**: from his face 13/16.

andnes *n.* promontory 51/3, 11, 54/5, 58/18.

andnesmaðr *m.* person who lives on a promontory (in isolation) 51/1, 54/1.

andstyggð *f.* disgusting thing, abomination 53/6.

andsvar *n.* reply 45/4.

annarr *pron. a.* (1) other 5/12, 6/18; another 7/17, 24/5; **aðrir**: other people 8/16; **sá einn annarr**: the only other one (to be) 8/9; different (**en**: from, than) 24/25; **annat**: s-thing else, a different life 20/4, another course of action 8/20, anything else 53/8; **eigi annat**: nothing else 14/4; **allt annat**: everything else 36/25, 45/26; **margt annat** (*with partitive gen.*): many other 38/26; **öðru sinni**: next time 36/23, a second time 23/13; **annan dag eftir**: next day 18/8. (2) one (of two) 22/11, 54/17, 66/29; **annarr ... annarr**: the one ... the other 7/21–22.

arfr *m.* inheritance 47/11.

árgali *m.* early riser, cockerel 30/11.

árrisull *a.* early rising 20/24.

ásjá *f.* help, protection 5/17.

Glossary

ásjóna *f.* face, appearance 13/25.
áskynja *a. indecl.* aware; **verða á.**: find out, realise 60/21.
-at *neg. suffix used with verbs* 28/1, 59/8.
at (1) *conj.* that 10/2, 14/16; so that 19/1, 27/1; in order that 38/16; **þat ... at**, *introducing a noun clause* 5/6, 11/11; *pleonastic in* **at ... at** 7/10, 11/19; *as rel.* 7/15 (such that, such as), 8/9 (so that?), 12/22 (so that? by which?), 13/23 (when?), 22/8. See **þó, því**.
at (2) *prep. with dat.*, at 10/12, 35/3; to 6/16, 26/22; in 6/4, 6/23; up to, towards 7/2, 10/14; as to 12/7; **at því**: according to that, if that is so 45/18; **at því sem**: according to what 51/7; *with pp.*, **at svá töluðu**: this having been said 13/16; *of time*, in, at, to 19/13, 21/10; **vera at**: be engaged with, work at 28/24; *see* **setja**; *with inf.*, to 6/13, 7/27, 54/25, in order to 20/25, 45/6. *As adv., see* **bera, ganga, hafa, hyggja, þykkja**. *With comp. in neg. sentences*, the (for that reason) 21/18, 29/9; *followed by* **þó**-*clause*, 21/24; *followed by* **at**-*clause*, to this extent 37/28.
át *see* **eta**.
atgangr *m.* agression, belligerence; **veita e-m atgang**: attack s-one (with demands) 18/29.
athafnarlauss *a.* inactive, without doing anything 6/28.
átján *num.* eighteen 9/27.
atkoma *f.* arrival (**til**: at) 19/6 (*see note*).
átrúnaðr *m.* faith, religion 53/16.
átti *ord. num.* eighth 22/6.
atyrði *n. pl.* (verbal) abuse 7/1.
auðsénn *a. (pp.)* obvious 67/5.
auðsýnn *a.* evident, obvious 61/8.
auka (jók) *sv.* increase; *pp.* **aukinn**: swollen, enlarged (strengthened, made powerful?) 55/21; *md.* **aukast**: multiply, breed, reproduce 52/13.
aurar *pl. of* **eyrir**.
austan *adv.* from the east, towards the west 17/4.
austr *adv.* east, in the east, towards the east; *in Norway*, in *or* towards Vík (Oslofjord), *from whatever part of the country and even if the route taken is round the coast*, 18/13, 26/8, 33/8, 46/8, 47/11.
ávallt *adv.* always 67/7.
ávíta (að) *wv.* criticise, find fault with, rebuke, reprove 20/25.

báðir *pron. dual* both 27/4, 28/18.
bákn *n.* monstrosity 59/24.
banahögg *n.* death-blow 7/2.
band *n.* tie, cord (of cloak) 65/19.
bann *n.* prohibition (**fyrir e-t at**: on s-thing against (its doing s-thing); *the* **at**-*clause indicates what is prohibited*) 18/16.
banna (að) *wv.* forbid (**e-m e-t**: s-one s-thing) 27/15.
barn *n.* child 51/7, 53/17.
bátr *m.* boat, ship's boat 28/24.
battu *2nd pers. sg. p. of* **biðja** (= **batt þú**).
beiða (dd) *wv.* ask for (*with gen.*) 5/13, 18/28, 25/15; *abs.*, ask 28/15; *with* **at**-*clause* 5/16.
beinleiki *m.* hospitality, service 43/18.
beinn *a.* straight, direct; *n. as adv.* 23/15.
bekkr *m.* bench, seat 44/5, 54/17, 59/11.
belgr *m.* pelt 30/12 *(pl.)*.
bera (bar) *sv.* carry, take 20/29 (*i.e.* back), 53/6; bring out, carry round 56/12; put 53/11; *see* **vitni**; **b. e-t á um e-t**: lay s-thing on about s-thing, heap up s-thing about s-thing, speak with s-thing of s-thing 39/5; **b. fram**: repeat, retail 6/18 ('they were just then repeating'). *Impers.*, **e-n berr**: one is carried (on a ship); **berr þá undan**: they get (are blown, carried) away, the wind takes them away 28/28, 29/2; **e-m berr illa**: one is spoken (thought) badly of 23/25 ('and that it should be even more to my discredit'); **b. at**: happen 5/6; **berr e-t at höndum** 29/8 (*see* **hönd**); **b. til**: happen, turn out 9/25, 52/7; **þá berr vel til**: that's good 35/27; *at* 8/2 *the phrase may mean* 'be the cause' ('this has caused it, that' *or* 'it has came about in such a way that'); **berr e-m nauðsyn** (*acc.*) **til e-s**: s-thing is forced on s-one by necessity, one finds one has no alternative to s-thing 18/21.
bergst *3rd pers. sg. pres. md. of* **bjarga**.
berja (barða) *sv.* hit; *md.* **berjast**: fight (**við e-n**: against s-one) 14/9.
bermæltr *a. (pp.)* outspoken 29/13.
betr *adv. comp.* better 8/29, 37/25; (**e-m**) **þykkir ekk b. er**: one is not (better) pleased that 27/14.
betrast (að) *wv. md.* improve 12/5.

betri *a. comp.* better; **betra þætti oss**: we would prefer 18/21.
beytill *m.* horse's penis 56/19.
beztr *a. sup.* best 20/4, 21/9, 22/8 *(weak dat. sg. m.)*.
bíða (beið) *sv.* wait 23/26, 54/19; await, wait and see 18/7.
biðja (bað) *sv.* ask; **b. (e-n) e-s**: ask (s-one) for s-thing 37/10, 38/5; **b. e-n bænar**: make a request of s-one, ask s-one a favour 37/8; **b. fyrir e-m**: ask (a favour), beg on behalf of s-one 14/5; *with* **at**-*clause*, ask, beg 5/10, 7/5; *with inf.*, order (s-thing to be done) 7/3; *with acc. and inf.*, ask, tell, bid, command (s-one to do s-thing) 5/7, 6/20, 12/6, 14/4.
biðleika (að) *wv.* wait 24/20.
bil *n.* moment 20/13.
binda (batt) *sv.* tie up, pack up 23/19; *md.* **bindask við at**: stop o-self from, hold back from 58/8 ('I could not help').
bjarga (barg, borgit) *sv.* with dat., save 60/10; *md.* save o-self, look after o-self, get along 25/25 ('everyone worked as hard as they could to save themselves').
bjuggu *p. pl. of* **búa**.
blár *a.* black 10/13.
blása (blés) *sv.* blow (a trumpet); **var blásit**: a trumpet was blown 18/8, 19/5.
blauðr *a.* cowardly, effeminate; of animals, female 34/29, 35/8 *(a play on the two meanings is probably intended)*.
blíða *f.* pleasantness, what is enjoyable 29/12.
blíðliga *adv.* gladly 58/5.
blíðligr *a.* cheerful-looking 19/8.
blíðr *a.* happy; *sup.*, most conducive to happiness, pleasantest, most agreeable 20/4.
blindr *a.* blind 43/5.
blæti *n.* sacrifice, abject of worship, religious symbol, object of cult *or* ritual 56/4, 60/7, 11.
boð *n.* invitation 29/24.
bóndadóttir *f.* farmer's daughter, daughter of the house 52/3, 53/5.
bóndason(r) *m.* farmer's son, son of the house 52/1, 16, 56/17.
bóndi *m.* farmer, householder 33/10, 51/6, 17, 52/4; head of household 56/5; in direct address 34/5, 35/27; husband 53/17.

borð *n.* table, meal 7/23, 8/1; side of ship; **fyrir b.**: overboard 10/2.
borðavíti *n.* table-penalty, meal-sconce 7/22.
borgit: *see* **bjarga**.
brá *p. of* **bregða**.
bragð *n.* action, trick, cunning device 17/1; *pl.* trickery, traps; **setja brögð til**: introduce trickery into 21/25.
braut *adv.* away 66/29.
brautbúnaðr *m.* preparation (readiness) for departure 23/29 ('on the point of going').
bréf *n.* letter; legal document, deed, charter 38/15, 46/9.
bregða (brá) *sv. with dat.*, leave off 66/27; **b. til** fix it, bring about by ingenuity 27/4; *impers.*, **e-m bregðr við (e-t)**: one reacts (to s-thing) (**mjök**: violently), one is (much) taken aback, affected (by s-thing) 29/7, 60/3.
breka (að) *wv.* ask for, demand, nag for (*often used of children*) 25/7.
brenna (nnd) *wv.* burn (transitive); *pp.*, purified, pure (of silver) 25/6.
breyta (tt) *wv. with dat.*, change; **er breytt e-u**: s-thing is changed 21/13; **b. málum við e-n**: address s-one, adopt language of a certain kind towards s-one (*implying the use of an unusual style of speech, departing from the norm*) 46/17.
brjóta (braut) *sv.* break; **b. e-t til e-s**: break s-thing down (*or* into s-thing) so as to reach s-one 19/1 (*see note*); *md.* **brjótast at e-m**: force one's way in to s-one, burst in on s-one 27/25.
bróðir (*pl.* **bræðr**) *m.* brother 55/15.
brosa (t) *wv.* smile 59/6.
brott *adv.* away 5/14, 9/9, 10/1; **í b., á b.**: away 9/15, 11/13.
brúðkona *f.* bridesmaid, woman 56/20.
bruna (að) *wv.* advance with speed, bear down (**at e-m**: on s-one) 33/18.
brygði *subj. of* **bregða**.
bú *n.* dwelling, farm 12/27; **gera bú**: set up house, settle down, go and live (**í**: at) 29/18.
búa (bjó) *sv.* (1) live, farm 13/4, 30/15; **búa í skapi**: *see* **skap**. (2) prepare, make preparations for, get ready for 17/8, 18/20; make ready 22/19, 27/16; *pp.*, **búinn** (*a.*): ready 22/21; dressed 10/12; adorned 43/12; **til búinn**: ready, prepared 34/19; **búinn til hafs**: ready to go to sea 27/16. *Md.*, prepare o-self, get ready (**til**: for) 22/21, 23/1, 33/12 ('were sitting

Glossary

down to', 'were about to have'); **búast brott**: be setting out, be getting ready to depart, be about to leave 45/29; **búast at** *(with inf.)*: be about to do s-thing 54/25.

búnaðr *m.* preparations 18/25.

búningr *m.* attire, equipment, the way one is fitted out 66/3.

byggja (ggð) *wv.* dwell, farm 51/3; *with acc.*, inhabit, live in 26/6.

byrðingr *m.* cargo vessel 23/21.

byrja (að) *wv. impers.*, **e-m byrjar vel**: one has a good (fair) wind, one has a good journey 28/28.

byrr *m.* (fair) wind 27/27; **byrr var hægr**: there was a favourable wind 54/10.

byrvænligr *a.* promising a fair wind, looking like a fair wind 27/18.

bæði *adv. (conj.)* both 6/10, 18/17.

bæjarmaðr *a.* inhabitant of a town; *pl.*, townsfolk 18/9.

bæn *f.* request 37/9.

bær *m.* farm 33/13, 43/12; town 18/8, 27/19.

bæta (tt) *wv.* pay compensation, atone (**e-t**: for s-thing, **e-m**: to s-one) 14/11; **b. at e-u**: repair s-thing 23/18 (*impers.*, 'repairs were made to').

dagliga *adv.* daily, every day 52/1.

dagr *m.* day 6/15, 9/20; **þenna dag**: today 12/14; **haf góðan dag**: good morning 37/5: *in pl.*, time; **á dögum Haralds**: during H.'s reign 43/7.

dánarfé *n.* inheritance 33/6, 38/16.

dauðadagr *m.* day of (one's) death 13/5.

daufligr *a.* boring; **eiga daufligt**: be bored, find it boring 44/27.

deyja (dó) *sv.* die 52/8.

djarfmæltr *a. (pp.)* bold in speech, outspoken, not afraid to say anything 33/5.

djörfung *f.* boldness, audacity, impudence 35/17; 'liberty' 24/24.

dómr *m.* judgement, decision 27/4.

dóttir *f.* daughter 5/23, 13/3.

draga (dró) *sv.* draw, pull 57/4; *metaphorically*, 61/7; **d. upp**: hoist 58/20.

drápa *f.* poem consisting of a series of verses with refrain *(as opposed to* **flokkr**) 36/17, 39/17.

drekka (drakk) *sv.* drink 20/3, 21/16; **d. af**: drain (a vessel), drink off *(sc.* **horninu**) 20/16, 22/4.

drengr *m.* (valiant) man 51/15 (*subject, same as* **karl** 51/9); **góðr d.**: a decent fellow 20/9.

drengskapr *m.* honourable character, decency 24/29.

drepa (drap) *sv.* kill 8/9, 9/17.

drjúgskýrligr *a.* very intelligent 51/16 (*acc., with* **dóttur**).

drjúgum *adv.* almost, practically 19/1.

dróttning *f.* queen 27/21; the queen 28/7, 14.

drykkja *f.* (the act of) drinking 20/18; **við drykkju** over their drinking, at a feast 26/12.

drykkjustofa *f.* room where drinking is taking place, dining room 38/24.

drykkr *m.* drink 34/21.

dúkr *m.* cloth 55/20.

duga (ð) *wv.* be sufficient, be any good, be powerful enough (*with inf.*, to be able to do s-thing) 7/15; do one's best, pull one's weight 11/20.

dularklæði *n. pl.* disguise 60/16.

dura, durum *gen. and dat. of* **dyrr**.

dvelja (dvalða) *wv.* delay; *md.*, linger, wait around 28/22.

dýfliza *f.* dungeon 6/27.

dýr *n.* animal 52/13.

dýrkan *f.* worship; **e-m til dýrkanar**: in glorification of s-one, in worship of s-one 53/15.

dyrr *f. pl.* doorway, entrance 6/16, 7/3.

dýrr *a.* dear 10/23, 11/3; high in rank, noble 38/26; *n. as adv.,* **dýrt**: dearly, at a high price 11/12.

dýrshorn *n.* animal horn 20/14.

dælleikr *m.* freedom, familiarity (in dealing with s-one); *usually in pl.,* **ger allt í dælleikum við oss**: don't stand on ceremony, do as you please 44/3.

dæmi *n.* example; s-thing on which to base a judgement (**dómr**), explanation 35/16, *see note.*

eða *conj.* or 34/29, 47/18; or even 34/10; *linking two questions,* and 13/9, 17/17; *linking a question to a statement,* but 17/17, 34/26.

ef *conj.* if 21/21, 36/2; **þá . . . ef**: under those circumstances . . . if 8/17, 33/22 (*similarly,* **ef . . . þá** 7/27, 9/18); *introducing a noun clause,* 13/7, 66/11; whether 60/10.

Glossary

efna (d) *wv.* perform, carry out, fulfil 30/2.
efni *n.* materials; *pl.*, ability, promise; **e. eru í**: possibilities exist, are present 39/11.
eftir *prep.* (1) *with dat.*, after; in pursuit of 26/21; *see* **leggja**; **fara e.**: go and fetch 67/8; **leita e.** seek for 7/16; along, over, down 37/4; according to 8/17, 52/11; **e. því sem**: according to what 14/1, 51/2, 52/13. (2) *with acc.*, for (a dead person) 8/13; *of time*, after 18/24, 22/19. (3) *as adv.*, behind 19/21, 33/18; *see* **hafa**, **standa**; **vera e.**: remain behind, stay put 18/4, be over, be outstanding, remain 27/13; *of time*, afterwards 54/20; following 19/5, *see* **annarr**, **næstr**; **e. um sumarit**: the following summer 19/18.
eftirmál *n.* suit (prosecution for a killing) on account of a dead person 8/13.
eiga (átta) *pret. pres. vb.* have 7/8, 9/7 (*see* **vera**); own 12/23, 18/18; have as wife 5/22; **eiga hlut**: involve o-self (*see* **hlutr**); *with n. a.*, find it (*see* **daufligr**) 44/27; beget 51/13; have a right to 38/16; *with* **at** *and inf.*, have the right *or* intention 33/6; **ætti** *with inf.*, ought, would be proper 33/21; *with* **at** *and inf.*, ought, must 12/13; **e. mikit undir sér um**: be greatly gifted with, have great power as regards, have access to a great deal of 39/12; **e. um við e-n**: have to do with s-one 29/14; **e. við e-n um e-t**: deal with s-one about s-thing, negotiate with s-one about s-thing 27/7.
eigi *adv.* not 5/13, 7/7; **þat er e.**: that is not so 44/29.
eignast (að) *wv. md.* become possessor of, have as one's own 25/11.
einkum *adv.* particularly 25/25.
einn *num., pron., a.,* one, a certain 5/6, 10/6; some 8/14; a single 12/17, 18/18; one, alone, only 8/9, 12/22, 13/5, 6, 33/17; just 36/15; **þú einn**: you on your own, for yourself 11/23; **vit ein** *(pl.)*: we two alone together 58/10; **fyrir einum manni**: before one of the men 33/14; **eina höndina**: (only) the one hand (arm) 67/6; **í einu**: in one stroke, in one piece 52/11; **ferr allt at einu**: it all goes the same way, it's just as before, it doesn't get any better 44/12; **til þess eins at**: solely in order to 21/25.
ein(n)hverr (*n.* **eitthvert**) *pron., a.,* some 7/6; one, a certain 6/15, 23/9, 26/11, 54/2; some kind of 53/14.
einskis *gen. of* **ekki** (2) *and* **engi** 21/7, 23/6.

einsætt *a. n.* the obvious thing to do, the only thing to do 21/7.
ekki (1) *adv.* not 6/25, 11/1, 13/28.
ekki (2) *pron. n. (of* **engi***)* nothing 6/29 *(or adv.?)*, 9/7, 11/16, 66/18; *gen. sg.* **einskis** 21/7; **e. nema** nothing but 17/18, 19/10.
eldast (ld) *wv.* grow old 30/11.
eldri *a. comp.* older 52/3.
elli *f.* old age 30/15.
elligar *adv.* otherwise, if not 25/14.
ellri *a. comp.* older 9/29.
ellstr *a. sup.* oldest 13/2.
elta (lt) *wv.* chase; *md.*, **lætr eltast**: lets himself be chased, makes his escape 26/22.
en *conj.* and, but 5/7, 7/22; *after comp.*, than 6/23, 8/20, as 36/18, 57/21 *(see* **hálfr***)*; than that 14/5; **annarr en**: different from what 24/25; **heldr en**: rather than 36/24; *see* **áðr, fyrr**.
enda *conj.* but also, nevertheless 12/20; and moreover 27/9, 28/5, 12; and so 66/13.
engi *pron.* no one 6/12, 7/3; *as a.*, no 7/12, 9/5, 17/9, *gen. sg.* **einskis** 23/6; *n. (see* **ekki** (2)) nothing 11/14; *gen. sg. n.* **engis** 17/22; **í engu**: in no way 12/20; **hafa at engu**: *see* **hafa**.
enn *adv.* yet *(after neg.)* 11/1, 26/5; even yet 24/7; still 44/12, 45/17; again 11/16, 23/26, 24/20; more 36/5, 45/8; also, in addition (to everyone else) 59/15; further, a longer time 18/7, 23/26; *with comp.*, still 9/14, 38/5; **enn meiri**: the more (as a result) 9/19; *see* **heldr**.
er *conj.* when 12/6, 13/19; while 23/9; as 28/25; it being the case that (when, since) 13/27 (in that), 20/18, 29/15 (when? *i.e.* after he became king), 36/20; *introducing a noun clause*, that (if, when) 5/13, 27/15 (when?); **sjá** *(vb.)* **er**: see where (see s-one doing s-thing), *or* **sjá (þat) er** ('saw H. being carried') 29/2. *With adverbs*, **síðan er**: after 5/4, **síðan ... er**: since 26/6; **þá er, þá ... er, er ... þá**: when 8/20, 9/23, 22/20; **þar ... er**: where 8/13 *(see* **sjá***)*; **þar til er**: to where 27/20; **nú ... er**: now ... when (that, since) 33/24. *As rel.*, who, which 18/20, 66/22; during which, while 17/7; **sá er, sá ... er**: who 5/6, 34/28, he who 10/7, a ... who 5/22; **þat er**: which 6/18, what 5/13; **hverr ... er**: whichever 7/10; **slíkt er**: whatever 8/5.

Glossary

erendi *n.* errand, business; *pl.*, **fara sinna erenda**: go about one's business (affairs) 38/22, 43/22.

erendlaust *adv.* without achieving an errand, without fulfilling one's purpose 28/2.

erfidrápa *f.* memorial poem, a **drápa** in honour of a dead person 47/17.

ermr *f.* arm, sleeve 66/29, 67/1.

eta (át) *wv.* eat 9/6.

etjutík *f.* hunting dog (bitch) 52/4.

eyða (dd) *wv.* destroy, get rid of 61/4.

eykhestr *m.* (male) cart-horse 52/7.

eyrir (*pl.* **aurar**) *m.* ounce (of silver) 10/22, 25/6.

fá (fekk) *sv.* (1) get, receive 5/10, 18/4; provide, get 25/24; **fá sér**: provide o-self with, find o-self 24/5, 33/8; **fá ríki**: come to power 5/4; *with gen.*, marry (a wife) 13/3. (2) give 9/7; **fá e-m e-t**: give s-one s-thing 8/21, 17/21. (3) *with pp.*, be able to, manage to 11/14, 22/2, 60/10. (4) *Md.*, **fást í**: set about, busy o-self in 6/13; **fást upp á e-n**: attack s-one 6/21 (provoke*?*).

faðir *m.* father 17/21, 34/28.

fagna (að) *wv. with dat.,* welcome 33/20, 43/17.

fagnaðartíðendi *n. pl.* pleasant (welcome) news *or* events 29/9.

fala (að) *wv.* ask to buy, ask the price of 11/14; offer to buy 11/17, 27/5 (**at e-m**: from s-one).

falla (fell) *sv.* fall 65/23; **e-m fellr hugr til**: one has a mind (desire) for, one fancies 55/3.

fallinn *a. (pp.)* fitted, suitable, worthy (**til**: to be) 65/10.

falslauss *a.*; *n. as adv.,* without double dealing, without being cheated 24/11.

fámæltr *a. (pp.)* reserved, not saying much, not speaking often 29/12.

fang *n.* embrace, arms 55/18.

far *n.* passage, place on a ship 18/28.

fár *a.* few 7/14, 17/23; *pl.*, **fáir**: few people 13/14; *n.*, **fátt**: little; **finnast fátt um**: respond coldly 56/7 (*similarly* 57/5; *see* **gera**, **láta**); **er fátt um með**: there is coldness between 21/10.

fara (fór) *sv.* go 23/8, 54/13; *imp.*, **farðu**: go 66/21; travel 33/6, 59/9; move, be passed 59/11; take place, turn out 24/4; *with cognate acc.*, go on (journeys) 34/2; *with gen.* 38/21, 22, 43/22; *impers.*, **fór**: it went on 36/6; *see* **fjarri**; **þannug er farit**: so it is, the case is thus 25/22; *with* **at** *and inf.*, proceed to, go and 34/17; **f. at e-u**: go on s-thing, go to s-thing 34/3, take notice of, bother about s-thing 22/16 ('one can't do anything about that, that can't be helped'); **f. at e-u með**: behave about s-thing with, go about s-thing with 24/13; **f. eftir** *(with dat.)*: go for, go and fetch 28/9, 67/8; **f. eftir e-u**: go according to s-thing; **fór allt eftir því sem**: everything was fulfilled that 14/1; **f. fram**: happen, be carried out, be put into effect 8/21 (*i.e.* s-thing else would have been more just than what was actually done), 26/7, be performed 54/5; **hvat fram ferr**: how it will go (turn out) 11/28; **ferr svá fram**: so it goes on 27/9; **f. með e-u með**: treat s-thing with, behave towards s-thing with 24/26; **f. með e-u illa**: treat s-thing badly, behave badly with s-thing 22/13; **hversu færi með þeim**: what passed between them 66/1, 19; **f. saman** 9/1, *see* **saman**; **f. svá**: meet the same fate, go the same way 8/28, go on thus, behave thus 47/6; **f. undan um e-t**: draw back from, be reluctant about, try to get out of 27/14.

fararefni *n. pl.* means for a journey, that which needs to be provided for a (trading) journey (*i.e.* goods, cargo) 17/17.

fararskjóti *m.* means of travelling, lift, transport 33/8.

fastr *a.* fast, firm; *comp. n. as adv.*, **fastara**: more assiduously (constantly) 21/3.

fátalaðr *a. (pp.)* reticent, laconic 5/10.

fé *n.* property, money 27/27, 46/10; payment 21/14.

feginn *a.* glad; **verða f. e-u**: be pleased with s-thing 19/16.

fégjöf *f.* gift of money *or* valuables 67/10.

feitr *a.* fat 52/8.

félagi *m.* companion, friend 34/7.

féna (að) *wv.*; *impers.*, **fénar**: it becomes (is becoming, has become) profitable 66/21.

ferð *f.* journey 18/20, 46/7; *pl.*, travels 6/2.

festa (st) *wv.* fasten, tie, hang 30/4.

finna (fann, fundinn) *wv.* find 14/1; find out, discover 44/24 ('it became apparent to the king'); notice, see 17/12, 20/21; go and see, go to meet 18/1; *md.*, **finnast**: become apparent 53/24; *reciprocal*, meet each other 21/5, 28/5; **finnast um**: respond to s-thing 56/7 (*see* **láta**).

Glossary

fjandi *m*. devil 53/18.
fjárheimta *f*. claiming of money, payment 28/3.
fjárhlutr *m*. property 12/25.
fjarri *prep. with dat.*, far from 51/5; **því ferr fjarri**: (it is) far from it 36/11.
fjölði *m*. a large number 21/15.
fjölmenni *n*. crowd, number of people 10/11; **við f.**: in a large community (as opposed to in isolation) 52/4.
fjölmennr *a*. attended by many people, large 9/20.
fjötra (að) *wv*. fetter 10/7.
flá (fló, fleginn) *sv*. skin, strip the skin off 52/10 (**er fleginn var**: when it was being skinned *or* when it had been skinned?).
fleiri *a. comp. (pl.)* more (people) 18/28; more than one, several (men) 9/2; other (people) 8/28; any more, further 55/9; **hálfu fleiri en**: twice as many as 36/17; **fleirum** *with comp.*: than (many, most) others 66/21; *n. sg.*, s-thing else 38/5.
flenna (t) *wv*. strip back, unsheathe; *pp.*, with skin pulled back 59/10.
flestr *a. sup.* most 6/23, 13/2; **sem flesta**: as many (people) as possible 61/7.
flimta (að) *wv*. lampoon, compose insulting verse about 6/13.
fljótr *a*. quick, eager, ready, easily persuaded; *comp.*, 60/18.
flokkr *m*. a poem consisting of a series of stanzas without a refrain 36/14, 45/7 (*cf*. **drápa**).
flot *n*. floating; **á floti**: afloat, launched 28/27.
flug *n*. flight, swift movement; **á flugi**: in a flutter (turmoil) 60/3.
flytja (flutta) *wv*. carry, transport 10/5, 12/24; take, assist 23/17; support, give support to, speak in favour of 38/11; plead (**við e-n**: to s-one) 5/8.
fólk *n*. people 54/6.
forða (að) *wv*. save (**e-m fyrir**: s-one from) 7/27.
forðum *adv*. before, previously 59/8.
fordæðuskapr *m*. sin, wickedness, evil-doing (*particularly* sorcery *or* witchcraft) 61/5.
formáli *m*. prayer, ritual speech, formula, rigmarole 53/14.
forn *a*. ancient 51/2.
fornskáld *n*. ancient poet 52/14.

forverkslítill *a*. little fit (good) for labour *or* service 10/24.

fóstra (að) *wv*. foster, bring up 43/2.

fóstri *m*. foster-father; -son, *or* -brother 8/18 (*here* foster-son, *see note*).

fótr *m*. foot, leg; **á fótum**: up (out of bed) 23/28.

frá *prep. with dat.*, from 5/14, 9/10; away from 13/16, 23/21; about 9/22, 10/1; *see* **hverr**. *As adv.*, **heðan frá**: from now on 28/5.

fram *adv*. forward, straight on 23/11; down, in front (of s-one) 60/1; out (into the open) 12/6, (into the kitchen) 53/9, 54/25; *of time*, on 21/10; *see* **bera, fara, fyrir, halda, selja, setja, um**.

framarla, framarliga *adv*. boldly, arrogantly, forwardly, with lack of moderation, pretentiously 25/18, 38/2, 39/6.

framgjarn *a*. pushing, bold, demanding, asking too much, difficult to satisfy 25/13.

frásögn *f*. relation, narration, story-telling 6/3.

frelsi *n*. freedom 12/12, 13/6.

frétta (tt) *wv*. learn, receive news (**af**: *of*) 54/4 (*or this may be the noun* **frétt** *f*., news).

friðast (að) *wv. md*. make one's peace, seek for reconciliation (**við**: with) 7/25.

friðr *m*. peace; security, indemnity, friendship 9/5.

fríðr *a*. handsome 29/4.

frumsmíð *f*. first work (attempt), beginner's work 38/2.

fræðimaðr *m*. scholar, man of learning; a man able to tell stories, *or* recite poems, a man with a large repertoire, of extensive knowledge 35/25, 36/3, 45/18.

frækleikr *m*. valour 6/23.

frændi (*pl*. **frændr**) *m*. relation, kinsman 7/8, 8/3.

fullgerla *adv*. completely, perfectly 13/22.

fullreyna (d) *wv*.; *pp*., **er þetta fullreynt**: it is fully tested, the situation has been fully revealed, it has gone far enough 23/23.

fundr *m*. meeting; **á fund e-s, til fundar við e-n**: to see, meet, visit s-one 18/25, 29/26, 66/16, 67/2.

fylgð *f*. attendance, following, service 24/18.

fylgja (lgð) *wv. with dat.*, accompany, follow 12/6; be in s-one's retinue 23/4; take (s-one somewhere), show (s-one to a place) 44/1; be

Glossary

attentive to, attend upon 20/20, 21/3; comply with, conform to, keep up with 20/2, 57/5.

fyrir *prep.* (1) *with acc.*, for 7/10, 13/24; before, in(to) the presence (hearing) of 6/18, 7/24; up to 26/16; because of, in connection with 8/1, 14/17; in return for, in exchange for 9/2, 13/6, 46/6; for, as (price) 10/22, 11/5, 12/2; as equal to 28/11; as 53/16; on behalf of, instead of 21/1; over, past 10/2; **suðr f. land**: southwards along the coast, to the south of the country 22/20; **f. lög fram**: contrary to (in spite of) the law, without regard to the law 9/27. (2) *with dat.*, in front of 10/13, 33/14; before, to 36/21, 60/17; for 7/6; **f. e-m**: on s-one's behalf 14/5; in the face of, from 7/15, 27, 8/15 (to the detriment of); off(-shore from) 58/18; because of 19/2; **f. því** therefore, for that reason 18/15, 25/23; ago 9/22; *see* **forða, landflótta, láta, ráða, sjá, verða**. (3) *As adv.*, in advance 33/23; present 52/17, 65/17; *see* **hugsa, segja**; **þar f.**: as a result, because of that (these) 53/11; **þar f. er**: past where, by where 20/12.

fyrr *adv. comp.* earlier 21/14; before 12/10, 19/20, 46/17; **fyrr en, fyrr ... en** *(as conj.)*: before, until 7/4, 18/17, 37/29.

fyrrgreindr *a. (pp.)* aforementioned 54/9.

fyrri (1) *a. comp.* earlier, former, first (of two) 3/3, 13/23; **fyrra dag**: the day before yesterday (*or* yesterday?) 19/11.

fyrri (2) *adv.* before 37/27, 59/10.

fyrst *adv. sup.* first, first of all 8/21, 9/3; immediately, to begin with 8/19; **nú f.**: for (at) the moment, for the time being 37/2, 45/28.

fyrsta *f.* beginning; **í fyrstu**: to begin with, first of all 30/11, 52/10.

fyrstr *a. sup.* first 19/7 (*see* **lag**), 38/3 (*i.e.* 'if you make me the first subject of your verse'); **gera e-t f. manna**: be the first person to do s-thing, do s-thing before everyone else 53/22.

fýsa (t) *wv. impers.*, **e-n fýsir**: one is eager, has a desire (to go somewhere) 17/15.

fæð *f.* coldness, unfriendliness 23/4.

fæða *f.* food; **sér til fæðu**: as food for themselves 52/9.

færa (ð) *wv.* bring, present (**e-t e-m**: s-thing to s-one) 10/5, 19/13, 66/1; deliver 39/2; **f. e-m e-t**: put something at some-one's disposal 7/25, 8/5.

færi (1) *subj. of* **fara** 66/1.

færi (2) *a. comp.* fewer 11/25, 45/16.

færr *a.* capable (**um e-t**: of s-thing), able (**til at gera e-t**: to do (of doing) s-thing) 20/2 *(see note)*; **f. til**: suited, suitable, competent for 25/28.

föðurfaðir *m.* (paternal) grandfather 37/20, 46/23.

för *f.* journey, coming, undertaking; **f. mín**: my coming 28/3.

förunautr *m.* companion 27/21, 28/20.

föruneyti *n.* company 25/10.

gagn *n.* benefit, use; **til gagns**: of some use 53/9.

gagnvert *n. a. as adv. (prep.) with dat.*, opposite 34/24.

gálgi *m.* gallows 30/4.

gamall *a.* old 9/27, 10/15.

gamalmenni *n.* an aged person 20/19.

gaman *n.* fun, entertainment, what is amusing 34/13; pleasure; **gera til gamans sér**: make it one's pleasure, be so good (gracious) as 39/13.

ganga (gekk) *sv.* go 6/3; **göngum**: let us go 33/15; *imp.*, **gakk** 9/3; *with acc.*, walk along 13/29; *with inf.*, **g. at sofa**: go to bed 19/21, 35/28; *impers.*, **e-m gengr**: one gets on (in a certain way) 20/16; **g. at** *(adv.)*: approach 53/7; **g. at e-u**: go up to s-thing 55/18; **g. með e-n**: take s-one, go taking s-one 27/19; **g. til**: go to be with, go into s-one's company 5/24; **e-t gengr undan e-u**: s-thing is broken off from under s-thing 23/16; **g. undir borð**: sit down to a meal 34/18.

gefa (gaf) *sv.* give 13/13, 14/10; dispose of 12/25; *impers.*, **hversu e-m er um gefit**: what one's attitude is (to s-thing) 53/26; **g. upp**: give up 18/15, surrender 26/27, hand over, let pass from one's possession 20/13, abandon, leave off, not act in accordance with 8/19.

gegn *n. pl.*; **í gegn** *as prep. with dat.*, opposite 33/12; **í gegnum** *(adv.)* through (it) 20/15.

gegna (d) *wv. impers. with dat.*, lead to, result in, presage 9/19 ('there shall result, correspond').

gegnt *prep. with dat.*, opposite 5/21.

gera (ð, *pp.* **gerr)** *wv.* do 9/6, 14/3; make 9/13, 34/2, 38/7; set up, establish 29/18 *(see* **bú**); **g. bréf e-m**: write (compose) a letter for s-one 38/15; cause, bring about (**e-m**: for s-one) 21/26; **g. e-m e-t**: treat s-one with s-thing, act towards s-one so as to bring them s-thing 25/3; *pp.*, **þat er illa gert**: it is a bad (wrong) thing to do 6/21; **at svá gervu**: when this

Glossary

had happened (been done) 53/20; **g. af (e-u)**: do with, dispose of (s-thing) 8/5; **g. nökkut af**: do s-thing about it, make it have some result 25/19; **g. í móti e-m**: offend, displease, injure s-one 13/11, 14, provide to welcome s-one 34/3; **g. til**: prepare, dress (meat) 52/9 *(pp.)*; **g. til e-s sér**: make into s-thing for o-self, treat as 39/12; **g. til e-s**: behave towards s-one, treat s-one 24/1; **g. sér fátt um**: respond coldly, with distaste (*see* **fár**) 57/5; **g. upp**: kindle 54/23; **g. yfir e-t**: make a covering for s-thing, cover s-thing (**af**: with) 30/8. *Md.*, **gerast**: become 39/15, 47/7; happen, take place 6/2; be carried out 38/9; **hvat gerist í**: what comes of it, how it turns out 19/4.

gerla *adv.* fully, clearly 20/14; **vita g.**: know precisely, absolutely, be quite sure 11/27, 30/1.

gerr (1) *pp. of* **gera**.

gerr (2) *adv. comp.* more accurately, more completely 36/27, 45/27; better, with more discernment 39/8.

gersimi *f.* present, object of value 19/14, 25; valuable thing 23/24.

gestr *m.* guest, stranger 54/24, 55/1.

geta (gat) *sv.* (1) *with gen.*, speak of, mention 24/12; **ekki er þess getit**: the story does not mention, say 55/19. (2) guess 35/9, 19, 44/21; **g. í hug e-m**: guess at s-one's thoughts 44/17; **g. til**: guess the answer 35/4, 44/14, 16. (3) be able, can 33/9.

getnaðr *m.* generation, procreation 52/12.

geyma (d) *wv. with gen.,* guard 7/3; look after, see to 43/23.

gjald *n.* payment 27/14, 28/18.

gjalda (galt) *sv.* pay, repay 13/9, 27/27; *md.*, **gjaldast (upp)**: be paid (out), handed over 27/8, 9, 13.

gjarna *adv.* willingly 11/9.

gjöf *f.* gift 17/23, 18/6.

glaðr *a.* cheerful, happy, pleased; *comp.*, **at glaðari** the more pleased (because of it) 29/9; *sup.*, **inn glaðasti**: very merry, in very good spirits 44/1.

gleðifullr *a.* cheerful, good-humoured 52/2.

glensugr *a.* fond of jokes 52/2.

glymr *m.* clashing, ringing 27/23.

gnótt *f.* sufficiency, plenty (*with gen.*, of s-thing) 34/21.

goð *n.* (heathen) god 57/9.
goði *m.* chieftain, (heathen) priest 5/1, 22/3 (*see note*).
góðr (*n.* **gott**) *a.* good 7/6, 19/9; well-intentioned, kindly 21/6; high 67/10.
gólf *n.* floor, particularly the open part of the room (often bare earth) between the side benches or platforms 60/1, 65/17.
grákufl *m.* grey cloak with hood 54/15.
gras *n.* herb 53/11.
greiða (dd) *wv.* pay, hand over 27/29; *md.*, be paid, be handed over 47/11.
grið *n.* truce; *pl.*, pardon 7/26, 14/10.
griði *m.* servant; one who lives in the same house, comrade 59/3.
gríma *f.* mask, face-covering 10/13, 13/16.
grímumaðr *m.* man with mask, disguised person 10/18, 12/5.
grípa (greip) *sv.* seize, snatch 13/18, 53/7; **g. við (e-u)**: snatch (s-thing) up, take hold (of s-thing) 52/17, 56/17.
gripr *m.* object of value, possession 11/14.
guð *m.* god 53/16, 60/19, 61/9.
guðvefr *m.* velvet 55/2.
gull *n.* gold 6/8, 27/8.
gullrekinn *a.* (*pp.*) inlaid *or* decorated with gold 65/19, 66/8.
gæða (dd) *wv.* equip, enrich, improve 56/1.
gæði *n. pl.* benefits, favours 19/14.
gærkveld *n.* yesterday evening, last night 20/26, 37/7.
gæta (tt) *wv.* look after; **g. til með**: look after matters between, keep things right between, prevent trouble between 24/2.
háð *n.* mocking, scorn; **hafa í háði við e-n**: use mocking language about (towards) s-one, make mock of s-one 6/11.
háðsamr *a.* mocking, scornful 6/6.
háðsemi *f.* mockery 6/22.
haf *n.* sea 27/26; **í haf (út)**: out to sea 28/28, 29/2.
hafa (ð) *wv.* have 8/22, 10/13; keep 29/27; put 13/27; take 12/2; get 13/6; use, follow 8/18; **hafir þú**: if you have 13/12; *as aux. with pp.*, 6/2, 7/6, 10/28, 61/1; **hefk** (= **hef ek**): I have 58/17; **hafi beðit**: was begging 14/5; **h. at engu**: disregard, contradict, fail to keep to 34/11; **h. e-t eftir** keep s-thing back, keep hold of 67/1; **h. mann fyrir sik**: take a man's life in exchange for one's own, not fall without taking

Glossary

s-one with one 9/2; **h. í háði við**: *see* **háð**; **h. e-t til e-s**: use s-thing for s-thing (**sér**: for o-self) 52/9; **h. e-t til at gera e-t**: have the s-thing (*i.e.* enough of s-thing) to (be able to) do s-thing 35/17; **h. e-n við e-t**: use s-one for, in connection with s-thing (*or* have s-one present at s-thing) 25/25, 27; **h. e-t við e-t**: employ, apply (act in accordance with) s-thing on (in connection with) s-thing 38/10 (*see note*); *md.*, **hafast e-t at**: be occupied in s-thing 66/3.

hagr *a.* handy, skilful; **vera h.**: be a craftsman 6/8.

halda (helt) *sv. with dat.*, keep 19/3; maintain 13/4; hold (take) a course, direct (a ship) 19/13, 23/8, 11 (**fram**: straight on), 54/4; *with acc.*, keep 7/13, 14/11; observe 60/21; **h. á (e-u)**: hold on (to s-thing), continue to hold 58/16; **h. fram e-u**: continue s-thing 65/22; **h. e-n fyrir e-m**: keep s-one (safe) from s-one 7/15; **h. e-t fyrir e-t**: hold (treat, consider) s-thing as s-thing 53/16; *md.*, be valid, stand, hold good 26/17, 18.

hálfkveðit *pp.*; **ek hefi eigi h. flokkana**: I have not recited half the **flokkar** 36/17.

hálfr *a.* half 12/27, 27/8; **til hálfs við**: half shares with 20/15; *dat. sg. n.* **hálfu** *with comp., as intensive*: doubly, twice as 36/17, 57/18.

hallkvæmr *a.* advantageous, useful, likely to have a good result; *comp.*, 37/11.

hálmr *m.* straw (strewn on the floor) 22/11, 24/14; **setjast í hálm**: sit on the floor (as a penalty) 21/16.

hámælgi *f.* loud conversation, uproar of speech 6/17.

handarkriki *m.* crook of arm 65/20.

handgenginn *a. (pp.)*; **gerast h. e-m**: enter s-one's service, become s-one's **hirðmaðr** (sworn retainer) 47/15.

harðorðr *a.* sharp-spoken 5/9.

háseti *m.* member of crew of ship 18/7, 26, 19/3.

háski *m.* danger 17/20.

háttr *m.* manner; **mikils háttar**: of great account, of great note (worth) 66/6; **meira háttar**: of more account, more impressive 36/26.

haust *n.* autumn 19/13, 33/7.

hávaðamikill *a.* rowdy 6/6.

heðan *adv.* from here; **h. frá, h. af**: from now on 28/4, 29/26.

hefja (hóf) *sv.* lift 60/8 (*imp., or subj. pl.*: 'let them lift'); *impers.*, **hefr e-t**: s-thing begins 51/8; *md.*, begin, originate 51/1.

hefna (d) *wv.* avenge *(with gen.)* 8/17.

heiðinn *a.* heathen 52/8.

heiðni *f.* heathen activity, practices 61/4.

heilagr *a.* holy 60/7; *dat. sg. n. weak*, **helga** 60/11; **heilög trú**: the true faith 52/5.

heill *a.* whole; *in exclamations and expressions of goodwill*, **sit h.**: remain in safety, 'bless you (as you sit)' 35/20; *more emphatic with sup. and gen. pl. of class to which the person addressed belongs*, 35/21 ('remain the most blessed of all kings'); *these two remarks imply the end of the conversation, a valediction*; **báðu hann tala konunga heilstan**: bade him speak as the most blessed of kings, said he was the most blessed of kings in what he said, *i.e.* applauded his speech 19/16.

heilræði *n.* good advice 8/18.

heilsa (að) *wv. with dat.,* greet 54/21.

heim *adv.* home 12/27; in, up (to a house, even when it is not the person's home) 54/13.

heimfúss *a.* eager for home, having a desire to go home; *comp.*, 17/16.

heimta (mt) *wv.* claim 33/6, 46/8; demand 27/15; **h. lítt**: be not insistent in a claim, not claim frequently 27/9; **h. e-t upp**: haul s-thing up 28/24.

heita (hét) *sv.* (1) (*pres.* **heiti**) be called 5/7; **maðr hét**: there was a man called 6/4, 33/1. (2) (*pres.* **heit**) **h. e-u e-m**: promise s-thing to s-one 9/5, 30/2; threaten s-one with s-thing 10/8.

heldr (1) *adv. comp.* rather 21/10, 52/21; (*i.e.* rather than not) 38/11; quite (a lot) 66/21; **h. en**: rather than 45/24; **enn h.**: the better, the rather (as a result of this) 8/16; **at h.**: the more, any more for that reason, even so 21/24.

heldr (2) *pres. sg. of* **halda**.

helga *see* **heilagr**.

helmingr *m.* half; *gen. sg. used adjectivally* 22/8 (*though here it may be the first half of a compound*, **helmingssilfr** *n.*, silver alloy containing half silver and half another metal).

helzt *adv. sup.* most, above all; preferably 27/2; **ætla h.**: think most likely 44/18.

Glossary

helzti (*i.e.* **helzt til**) *adv.* all too, quite . . . enough 18/27, 47/5.

henda (nt) *wv.* take hold of with the hand; **e-t hendir e-n**: s-thing involves, befalls s-one; **er þik hefir hent**: in which you have become involved, which you have become guilty of 8/7.

hendr: *see* **hönd**.

hér *adv.* here 12/22, 13/17; **hér er**: this is 27/26; *with prep. as equivalent of pron.,* **hér til**: up to now 25/28; **hér um**: in this affair 19/2, **hér við**: in (on) this matter 38/20.

herað *n.* (country) district, area (*especially* an inhabited area as opposed to waste-lands); **í miðjum heruðum**: in the midst of the inhabited areas 61/6.

herbergi *n.* room 35/28, 36/8; lodgings 33/11.

hérkváma *f.* arrival, coming to this place 43/20.

herra *m.* sir, my lord (*in address to a king*) 17/15, 20/26.

hestr *m.* horse 43/23; stallion 52/9.

hetti *dat. sg. of* **höttr**.

heyra (ð) *wv.* hear, listen 39/8; **þat heyrum vér sagt**: we have heard 18/12; **h. til** (1) listen, pay attention 39/5, (2) *with dat.*, belong to, relate to, concern 45/26, be involved, be associated 20/3.

hingat *adv.* to this place 11/17, 43/13.

hirð *f.* (royal) court, royal household 19/19, 20/7; king's men (*as a group*) 26/19.

hirða (rt) *wv.* look after, see to; *imp.*, **hirtu** (*i.e.* **hirð þú**) 59/24.

hirðmaðr *m.* sworn retainer, member of the king's **hirð** 14/16, 19/25; *in pl.*, king's personal following 38/10, 47/15; **gera e-n hirðmann sinn**: take s-one into one's service 38/8; **gerast h. e-s**: enter a king's service 39/15, 47/7.

hirðprestr *m.* (king's) household priest, chaplain to the court 60/20.

hirðsiðr *m.* custom of the king's court 20/2.

hirðvist *f.* being in the king's court, being a **hirðmaðr** 39/14.

hitt *pron. n.* this (other thing), this on the contrary, this rather 24/28.

hitta (tt) *wv.* meet; go and see 21/5, 22/27, 23/6; **h. til** (*adv.*): hit on, find 36/28.

hjá *prep. with dat.,* by, near, next to, beside 53/19, 55/12; (in company) with 38/26; **hjá sér**: by one's side 52/16; *as adv.,* close by, next (to it) 53/11.

hjálpvænligastr *a. sup.* most profitable-seeming (salutary), offering the greatest promise of benefit, most likely to bring salvation 12/26.

hjarri *m.* pivot at top of door, hinge 60/8.

hjón *n. pl.* man and wife; household 57/14, 58/3.

hlátr (rar) *m.* laughter 35/10.

hlaupa (hljóp) *sv.* jump 10/2; run 28/21, 52/16 (**til**: up); **h. at e-m**: go running to (after) s-one 20/19; **h. inn**: burst in 7/1.

hleifr *m.* loaf 57/17.

hleypiferð *f.* sudden (unpremeditated) journey, informal trip 34/2.

hljóð *n.* silence, a hearing 39/2.

hlutr *m.* (1) thing, happening, action 13/28, 29/8, 61/9. (2) part 22/7; **eiga inn bezta hlut at með**: mediate between in a conciliatory way, do good offices between 21/9. (3) lot, fate; **hvern hann vildi gera hans hlut**: what he had decided his fate should be, what he had decided to do with him 9/13; share, due, what is due to s-one 28/12.

hlý *n.* warmth 30/9.

hlýða (dd) *wv. impers.* be satisfactory; **vel h.**: be more than adequate 25/17.

hlæja (hló) *sv.* laugh 35/1, 52/16; *2nd pers. sg. p.* **hlóttu** (= **hlótt þú**) 44/15; **h. við**: laugh at what is said 44/14.

hóf *n.* measure, due extent (degree, proportion), what is enough; **því hófi mikill**: about the right size 28/7.

hól *n.* flattery, praise, boasting; **bera h. á um**: boast about 39/5.

horfa (ð) *wv.* face; **h. á**: gaze at 54/24; *impers.*, **horfir e-m**: the prospect will be for s-one 39/7 ('the outcome will be the better for me'); **horfir til**: points to, promises, looks like 34/13.

horfinn *pp. of* **hverfa**.

horn *n.* drinking horn 20/13, 22/3; drinking-horn-full 20/28.

hornblástr (strs) *m.* blowing of trumpets, trumpet-blast 28/26 *(acc.)*.

hríð *f.* while; **of h., um h.**: for a while, for some time past 23/5, 66/21 *(with pres.*, 'has been, has become'); **nökkura h.**: for some time 47/16.

hringing *f.* (the time of) ringing the bells (to rouse people) 21/13, 25.

hringja (ngð) *wv.* ring (bells) 21/14.

hringr *m.* (gold arm-) ring 28/7, 55/3.

hrista (st) *wv.* shake 52/18.

hróp *n.* insult 6/18.

Glossary

hrópyrði *n. pl.* insults, denigration 6/21.
hrossakjöt *n.* horsemeat 52/9.
hræddr *a. (pp.)* afraid (**við**: of) 6/25.
húðfat *m.* skin bag (for sleeping in and to pack belongings in) 23/19.
hugr *m.* thought(s), mind 44/17, 61/4 (*see* **leggja**); desire 55/3 (*see* **falla**); **e-m kemr í hug**: it occurs to one 26/2 ('I would never have thought').
hugsa (að) *wv.* think; **h. fyrir**: take into account, remember, note 7/12.
hugsan *f.* concern; **hafa h. á**: lay great weight on, be most anxious about, spend effort on 61/7.
húm *n.* dusk 54/17.
hundr *m.* dog 8/15, 59/23.
hurðáss *m.* door-beam (one of the beams above the door, *i.e.* at the end of the house, providing a ledge) 60/9.
hurfu *p. of* **hverfa**.
hús *n.* house, building 19/1.
húsfreyja *f.* lady of the house, housewife 6/18, 51/6; in direct address 7/5.
húskarl *m.* servant, man in s-one's service 11/25.
hvar *adv.* where 5/20, 7/17; **h. sem**: wherever 12/29.
hvárki *adv. (conj.)* neither; **hvárki ... né** 19/1, 29/9, 53/8.
hvárr *pron.* which (of two) 34/28, 44/19; each (of two), *with partitive gen.*, 29/27.
hvárt *adv.* whether 11/28, 18/26, 26/16; *pleonastic, introducing a direct question* 38/13; **h. sem (... þá)** *as conj.*, whether 29/8, 11.
hvat *pron. n.* what 13/17, 19/4; **þess ... hvat** 12/14; *expressing indignation*, why 8/23 ('surely I do not need'); **h. skal þér**: what good to you is, what do you want with 10/16; **h. manna**: what person (people), who 60/4.
hvatr *a.* keen, active, bold, courageous; of animals, male 34/29, 35/7.
hvatvetna *pron.* anything whatever, no matter what; *fyrir h.*: for whatever it may be 13/11.
hvé *adv.* how 65/7, 66/19; **hvé nær**: when 45/22.
hvégi *adv.*; **h. sem** *as conj.*, however 28/4.
hverfa (hvarf, horfinn) *sv.* (1) turn (**aftr**: back) 29/1. (2) disappear 10/3, 13/20.
hverr *pron. a.* (1) who, which, what (*in direct and indirect questions*)

7/19, 10/28; **hverjum**: to whom, for whom 36/19; **til hvers**: for what purpose 24/10; **einn hverr**: a certain 51/12; **hverr sem**: whoever, whatever 18/22, 29/14, 37/1; **hverr er ... at sá**: whichever ... that he *(anacoluthon)* 7/10. (2) each, every 18/16, 26/21, 53/14; each man 19/12, 28/25; **h. frá öðrum**: one after the other 53/22.

hversu *adv.* how 11/3, 36/9; how much, in what way (well *or* ill) 28/3, 66/10; **h. mjök**: to what extent 18/1 ('how far he had got in ...').

hví *adv.* why 36/24, 44/15.

hvíla (d) *wv.* rest, lie, sleep 35/29.

hýbýlahættir *m. pl.* organisation, conduct, affairs of household 52/1; fashion, custom, ways of the house 57/6.

hýbýli *n. pl.* home; **er snúit hýbýlum á leið**: the house was put to rights (got ready, *i.e.* so as to permit the meal to be served) 55/14.

hygginn *a.* discreet, intelligent 55/8.

hyggja (hugða) *wv.* think, be of the opinion 12/25, 13/6, 24/5; **h. at**: examine 59/5.

hyski *n.* household 53/18.

hæfa (ð) *wv.* be proper, fitting 8/18.

hægr *a.* easy, without problem 7/27; **e-m er hægt til e-s**: s-thing is easy for s-one to find 20/6; convenient, favourable 54/10.

hægsæti *n.* easy chair? principal seat? 55/11, 18.

hæri *a. comp.* higher; *n. as adv.*, in a higher position 29/23.

hæsti *a. sup.* highest 30/4.

hætta (tt) *wv.* risk, stake, **h. þar á**: venture on it, risk it, have a go 38/4; **h. til e-s**: risk doing s-thing, venture on s-thing 46/6; *impers.*, **litlu hættir til**: little is at stake, it is of no importance 22/17.

hættulauss *a.* without danger *or* risk 7/18.

höfn *f.* harbour 54/9; **langskipa h.**: harbour suitable for long ships 51/4.

höfuð *n.* head 6/22, 65/19; *i.e.* life 7/25, 8/5.

höggva (hjó) *sv.* strike 7/2; **h. víg nær e-m**: commit a killing involving s-one closely (*i.e.* of s-one closely related to that person) 8/8.

hönd *f.* (*pl.* **hendr**) hand, arm 28/7, 58/19; side (**e-m**: of s-one) 35/23; **á hendi þér**: against you 7/21 ('you are subject to, have incurred, two penalties'); **hafa hendr á e-m**: set (lay) hands on s-one, take hold of s-one (to prevent them escaping) 13/27; **fá af hendi**: hand over 9/7; **af**

Glossary

e-s hendi: on s-one's part (behalf) 25/15; **e-t** *(acc.)* **berr at höndum**: s-thing happens, one comes across (is faced with) s-thing 29/8; **ór hendi honum**: from his very hand 66/11; **verja hendr sínar**, *see* **verja**.

höttr *m*. hood 12/19.

í *prep*. (1) *with acc*., in, into 6/27, 7/1, 55/11; *of time*, 37/7; **í aptan**: this evening 56/12. (2) *with dat*., in, at 29/18, 33/7; (living) in, from 65/3; dressed in 65/18; on (a seat) 5/21; **í stað**, *see* **staðr**. (3) *as adv*., 6/13, 19/4, *see under verbs*; in this matter 22/14; **í at**, *with inf*.: in this, to 24/25,

ígangsklæði *n. pl*. the clothes one is wearing (standing up in) 17/19.

illa *adv*. ill; badly, wrongly 6/20, 20/26; wickedly, evilly 61/1; *see* **koma**, **þykkja**.

illgjarn *a*. malevolent 6/5.

illr *a*. bad; *weak form, as nickname*: the bad 5/23.

illræðismaðr *m*. evil-doer, criminal 7/13.

illvirki *n*. evil deed 8/17.

inn (1) *pron. a*. the 3/3; **sá inn ... -inn**: that ... there 10/15, 66/8, 14 *(see note to* 66/8*)*.

inn (2) *adv*. in, inside 7/1, 27/22, 43/24; to land 65/5.

innan *prep. with gen*., between 53/4; *as adv*., inside; **innan í**: between, up in, within 53/10.

innar *adv. comp*. in, further in; from one room to another room that is further inside the house, *i.e*. from kitchen to living-room, 54/20, 55/17; **i. meir á bekknum**: further up (towards the centre of) the bench 44/22.

inndæll *a*. very easy 13/14.

inni *adv*. inside 6/16, 17; **þar sem ... inni**: in which 38/25.

innsigli *n*. seal (on a letter) 38/16, 46/9.

innstr *a. sup*. furthest in (from the door) 54/18.

íslenzkr *a*. Icelandic 5/6, 26/3.

já *adv*. yes 10/20.

jafnan *adv*. always, for ever 14/12; frequently, continually 5/24; on many occasions 66/12; continually, repeatedly 54/24.

jafnfylginn *a*. as attentive, attached, constant in attendance (**sem**: as) 19/20 (**e-m**: to, on s-one).

jafnmjök *adv*. as much, to as great an extent (**sem**: as) 24/18.

jafntraustr *a.* as reliable (**e-m**: as s-one) 24/5; **j. sem** 25/16.

jarl *m.* earl, viceroy, ruler *either* independent *or* subject to a king; *as title after name* 5/23, 13/4.

jartegn *f. (usually in pl.)* token, proof of authenticity, authentication 47/12.

játa (tt) *wv.* say yes, agree 37/12.

jól *n. pl.* Christmas 21/10; *with art.*, Christmas season 22/19; **einn morgun jólanna**: one morning during the Christmas period 21/13; **inn átti dagr jóla**: *i.e.* 1st January 22/6.

-k *pron. suffixed to verbs*, I 28/1, 57/8, 58/17, 59/8, 9.

kaf *n.* dive; **á k.**: into the water 26/15.

kalla (að) *wv.* call, send for 25/21; *with two accusatives*, give s-one a name (*usually of nicknames or surnames*); **vera kallaðr**: be known as 6/8, 22/7, 35/15, 39/18, 47/17, 65/3.

kallsyrði *n. pl.* joking words, mocking remarks 52/19.

kappatala *f.* the number (roll) of champions *or* heroes (picked warriors) 9/27.

kappgjarn *a.* competitive, eager for distinction *or* success, contentious, unyielding, insistent on one's rights 29/13.

karl *m.* man, old man 51/9, 52/7.

kasta (að) *wv. with dat.*, throw 52/16, 60/1.

kátr *a.* merry, cheerful 34/22, 52/2; **k. við**: joking with, teasing 55/13.

kaupa (keypta) *wv.* make a bargain; **k. því**: settle for that 10/26; **k. engu**: make no bargain(s) 11/15; buy 10/28, 27/2; *with price in dat.* (for so much), 11/9.

kaupferð *f.* trading voyage 17/9.

kaupligr *a.* suitable (available) to buy (**e-m**: for s-one) 11/16 ('I did not find any suitable bargains').

kaupmaðr *m.* merchant 18/9, 19/6.

kaupsveinn *m.* merchant seaman, young merchant, junior participant in trading voyages (*cf. note to* 18/2) 18/3.

kaupverð *n.* purchase price, payment for a purchase 27/13.

kenna (d) *wv.* recognise 13/21, 43/16, 55/5; **k. e-m e-t**: charge, accuse, blame s-one with (of, for) s-thing 20/27.

Glossary 115

kerling *f.* old woman 51/18, 60/2.
kertisveinn *m.* 'candle boy', king's attendant 21/13 (*see note*).
keyra (ð) *wv.* drive, thrust 58/9.
kippa (ð) *wv. with dat.*, snatch, pull quickly 12/19 (*see note*).
kista *f.* chest, box 53/12.
kjósa (kaus) *sv.* choose, prefer, wish 21/3.
klappa (t) *wv. with dat.*, pat, stroke 58/6.
klokkari *m.* bell-ringer 21/14.
klæða (dd) *wv.* dress 37/3.
klæði *n. pl.* clothes 54/16.
kné *n.* knee 55/20.
knörr *m.* merchant ship 18/18.
koma (kom) *sv.* come 5/15, 6/16; **þeim er komnir eru**: the newcomers 34/7; **sér vel koma**: it would be agreeable (convenient) to him, he would be pleased, find it welcome (**at**: if) 27/12; *with dat.*, bring 14/14, 22/1; *see* **orð**; **kominn á** (*of the wind*): arisen, blowing 27/27 (*vb.* to be *understood*); **k. niðr**: get to, end up 7/17; **k. e-u saman**: make s-thing agree, harmonise s-thing 29/16 (*see* **lyndi**); **k. til**: indicate, give authority for? *or* arrive 47/13 (*see note*; 'which the king's message related to'?); **k. við** (*with acc.*): touch, reach the coast of 33/7; **e-t kemr illa við e-n**: s-thing is unfitting, unseemly, inconvenient for s-one 29/15; **k. e-u við**: use s-thing (against s-one *or* s-thing) 28/12. *Impers.*, *of time*, come 21/11; **þar kemr at**: it goes on until, it reaches the point that 53/15; **hvar komit var**: how matters stood 9/16. *Md.*, **komast**: get o-self (somewhere), manage to come 7/3, 10/1.
kona *f.* wife, woman 5/22, 14/8, 51/10, 55/8.
konungr *m.* king (*as title after name*) 5/2, 6/2; the king 5/11, 10/3, 43/17; *in direct address* 44/14, 46/1.
konungsmaðr *m.* king's man 29/1.
konungsskip *n.* king's ship, ship on which the king sails 25/10.
koparr *m.* copper; *gen. sg.*, made of copper 22/8.
kostgæfi *n.* eager endeavour, zeal 60/19.
kostr *m.* choice, chance; **skal þér kostr e-s (at gera e-t)**: you shall be given the opportunity of s-thing (of doing s-thing) 39/13; condition,

situation, circumstances, affairs 8/26 (*see* **þröngva**), 12/5; **einskis kostar**: by no means, under no circumstances 23/7; quality; **þat bezta kosti at væri**: that (wás) of the best quality that was 22/8.

kraftr *m.* power 53/18, 60/19.

krefja (krafða) *wv. with gen.*, demand, ask for 66/11; **k. e-s e-m**: demand s-thing for s-one 24/25.

kufl *m.* hooded cloak *or* habit 10/13.

kuflmaðr *m.* hooded man 11/13, 24.

kuflshöttr (*dat. sg.* **-hetti**) *m.* hood of cloak 13/23.

kumpánn *m.* companion, fellow 10/1, 14.

kunna (kann) *pret. pres. vb.* be acquainted with 28/2; know (by heart) 36/14, 17, 45/14; *with inf. or at and inf.*, know how to, be able to, can 12/9, 22/1, 39/5, 8, 46/27; **kann vera at**: perhaps, maybe 23/22.

kunnandi *f.* ability, skill; appropriate behaviour, elaborateness 33/22.

kunnigr *a.* known; **e-m er kunnigt e-t**: one is acquainted with, one understands s-thing 30/1.

kváma *f.* coming 33/23.

kveða (kvað) *sv.* (1) utter, recite (a poem) 36/4, 6, 52/19; *imp.*, **kveddu** 36/5; compose 6/19, 37/16, 25 ('my poems are better'), 38/2. (2) say (*denoting direct speech*) 20/25; *with acc. and inf.*, 21/7, 26/18, 35/19. *Md.*, say that one 23/21, 25/14.

kveðja (kvadda) *wv.* greet 37/4, 38/26, 55/19; *with gen.*, summon, call, convene (a meeting) 10/11; *with acc.*, summon, call on (people) 26/19 (*with* **at**-*clause*: to do s-thing).

kveðskapr *m.* composition, (composing of) poetry 39/6.

kveld *n.* evening 20/12, 35/24, 53/14; **í k.**: this evening 45/2.

kvikendi *n.* creature 52/12.

kvæðafróðr *a.* having a knowledge of poems, knowing many poems (by heart) 46/28.

kvæði *n.* poem 36/2, 51/2.

kyn *n.* kind, gender, sex; **þess kyns**: this kind of (*i.e.* male? *or referring to species*) 52/12; race, descent; **er nökkut skálda kyn at þér?**: is there any descent of poets in (to) you?, *i.e.* are there any poets in your family (among your forbears)? 37/19.

kynjaðr *a.* (*pp.*) descended (**frá**: from) 46/20.

Glossary

kynligr *a*. strange, funny 34/26.
kynnast (**d**) *wv. md.* become acquainted, (get to) know, be in contact with 45/27 (*the implied object of the vb. is* **allt annat**).
kyrr *a*. quiet 55/8 (*see* **láta**); **sitja um kyrrt**: remain without doing anything; **at um kyrrt væri at sitja**: not to have to do anything 18/22.
kyrt *f*. silence 55/13 (*for* **kurt** *f*. courtliness?); *see note*.
kyrtilblað *n*. skirt *or* lap of tunic 12/1.
kyrtill *m*. tunic 66/22, 27.
kærleikar *m. pl.* intimacy; **vera í miklum kærleikum með e-m**: be on close terms with s-one 20/11.
köttr *m*. cat 34/28, 44/13; *as a nickname* 33/2, 43/2.
lag *n*. position; **í mörgu lagi**: in many respects 13/3; **í fyrsta lagi**: among the very first, straight away 19/7.
lág *f*. log 10/7.
land *n*. country 11/10, 18/16; land (*as opposed to sea*), coast 22/20, 23/8, 54/4; shore 23/17; **á l. upp**: ashore 26/22; **um land**: about the country 43/22; *pl.*, territories 18/15, countries 19/24.
landflótta *a. indecl.* fugitive from the country; **verða l.**: be forced to leave the country (**fyrir**: by) 54/3.
landsvist *f*. freedom, permission to stay in the country, right of legal residence 5/10.
landtjald *n*. a tent on land (as opposed to the more usual awning erected on a ship) 23/18.
langr *a*. long 9/23, 14/15; **fyrir löngu**: long ago 9/22; *comp. n. as adv.*, **yfir lengra**: further over 55/12 (*i.e.* on the other side of him?).
langskip *n*. long ship, warship 28/27, 51/4.
láta (**lét**) *sv*. (1) lose 23/7; **l. e-t fyrir e-m**: lose s-thing to s-one, be deprived of s-thing because of s-one, have to give s-thing up for s-one 25/12. (2) *with inf.*, let, allow 24/13, 26/3, 21, 60/13, 65/23; **l. e-t laust (vera)**: yield s-thing up, relinquish possession of s-thing 8/23; **l. sér svá þykkja sem**: behave as though, treat it as though (let it seem to o-self as though) 8/14; **l. sér einskis þykkja um vert**: take no notice of, disregard 21/7; **lét sér fátt um finnast**: was not very pleased, did not respond with enthusiasm 56/7. (3) *with inf.*, cause (s-thing to be done), have (s-thing done) 9/17, 10/10, 23/10, 30/8; **lét kalla**: had

sent for 25/21; **vil ek láta taka borð**: I would like tables to be put up 34/17. (4) behave, react 28/4; **l. kyrrt yfir**: keep quiet, say nothing about 55/7. (5) say, give as one's opinion (*with* **at**-*clause*) 21/4, 23/6; *md. with inf.*, say that one will (do s-thing) 21/18.

laukr *m.* leek, garlic 53/11, 56/2.

laun (1) *f.* concealment; **á laun**: in secret 7/13.

laun (2) *n. pl.* reward, repayment 13/5.

launa (að) *wv.* reward, repay, recompense 13/8, 17/20; **l. e-m e-t**: repay s-one for s-thing 12/13; *with dat. denoting what is given in recompense*, **hverju l. skyldu**: what repayment was to be made 13/9 (with what, how it should be repaid); **því skaltu l.**: you shall repay in this way, you shall make this repayment 13/10.

lauss *a.* free, loose 8/23 (*see* **láta**).

leggja (lagða) *wv.* lay, place 53/12; put 60/12; *metaphorically*, 18/16, 26/27; **l. hug á**: take pains, be concerned, eager 61/3; *with dat.*, **l. skipi**: sail (in a certain direction), lay a course 65/5; **l. eftir e-m**: make (set) after, pursue s-one 28/27; **l. út**: launch, take (a ship) out into deep water 27/16; *impers. with acc.*, be blown, driven; **leggi sundr reyki vára**: the smoke from our fires will blow in different directions (*or* we shall have separate fires?), our ways will part 23/22.

leið *f.* path, way; course 54/8; **fara leiðar sinnar**: go one's way 38/21; **á sömu leið**: in the same way as before 23/14; **koma e-u á leið**: bring s-thing about, make s-thing happen 22/1; **snúa á l.**: *see* **hýbýli**.

leiða (dd) *wv.* lead 10/6, 53/17.

leiðast (dd) *wv. md. impers.*, **e-m leiðist e-t**: s-one gets tired of s-thing, is discouraged from s-thing, does not want to do s-thing 8/16 (**þat** *is the object, referring to* **at vinna**).

leiðsögumaðr *m.* pilot, steersman, the one in charge of navigation 54/7.

leita (að) *wv.* search; *with gen.*, seek for, ask, enquire about *or* for 35/16; **l. annars**: look for a different life 20/4; **l. eftir**: search for, go in pursuit of 7/16; **l. á**: attack; **l. á við e-n**: pick a quarrel with s-one, find fault with s-one, trespass on s-one's rights *or* prerogative 22/14 (*see note*).

lendr *a.* landed, who holds land in fief from the king 7/9, 24/13, 25/20. **Lendir menn** *were next in rank to* **jarlar**.

lengi *adv.* for a long time 5/3, 36/6.

Glossary

lengr *adv. comp.* longer (of time) 45/27; *with dat.*, longer than 12/27; any longer 24/11, 25/10.

lengri *a. comp.*: *see* **langr**.

lengst *adv. sup.* for the longest time, longest, most of all 54/24.

léreft *n.* linen cloth 65/17.

léttlætiskona *f.* whore, loose woman 21/2.

leyfa (ð) *wv.* permit (*with dat. of person or thing and* **at** *and inf.*) 19/11, 37/16, 46/28.

leyfi *n.* permission, authorisation; **í mínu l.**: with my permission, under my dispensation 20/8.

leyna (d) *wv.* conceal; *md.*, **leynast frá**: steal away from, hide from 9/10.

leysa (t) *wv.* free, untie 12/4.

lið *n.* troop, company 43/14, 16; men 18/18 (*as opposed to things*).

líða (leið) *sv.* pass, go by (of time) 26/6, 38/23; **l. af**: pass away (*of an emotion*) 8/20; *usually impers.*, **líðr fram at**: time passed by towards (until) 21/10; **líðr á haustit**: the autumn passes, it draws to the end of autumn 53/13; *similarly* 17/8, 12, 26/25, 30/6, 35/24 (*in these expressions* **á** *is adverbial and the noun is acc.*); **hvat liði um e-t**: how s-thing was getting on 18/25.

líf *n.* life 13/12.

lifa (ð, *pp.* **lifat)** *wv.* live 10/25, 61/1; **biðr þau vel l.**: bids them fare well 28/19.

lífgjöf *f.* gift of life, granting of life 13/6.

liggja (lá) *sv.* lie 6/28, 58/10; sleep 54/12; be situated 12/22, 54/9; lie at anchor *or* moored 23/21, 58/17; **l. við**: be at stake; **minnst við liggja**: be least importance 38/20.

líka (að) *wv. with dat.*, please; **hversu þér mun l.**: what your reaction will be to 28/3; **slíkt er þér líkar**: whatever you please 8/6; **láta e-t sér líka**: be satisfied with s-thing, (be pleased to) accept s-thing 24/12; *impers.*, **e-m líkar**: s-one pleases, is willing 7/4, 11/6, is pleased 61/9, is satisfied 27/5.

líkr *a.* like; *comp. n.* **líkara**: more likely, probable 14/4.

limalát *n.* loss of limbs, mutilation 10/9.

limr *m.* limb, part of body 52/11.

lín *n.* linen 56/1.

líndúkr *m.* (piece of) linen cloth 53/10.

líta (leit) *sv.* look; **l. á**: look at, examine 22/10, 67/4, look over, round at 44/5, regard, take notice of, consider 24/28; **l. til**: look in a certain direction, look round 13/19. *Md.*, appear, seem (**e-m**: to s-one), *with nom. (and inf.* to be *understood)* 24/24.

lítill *a.* little, small 17/10, 33/22; *n.*, a small amount, not much 11/19, 22/16; **litlu** *with comp.*, by a small amount, a little 18/24, 55/10.

lítilmannligr *a.* pusillanimous, unmanly, mean, ignoble 8/14.

lítt *adv.* a little 12/19 (*see note*); not much, inadequately, not very, badly 17/20, 25/28, 29/16; not often, not insistently 27/9; little, *i.e.* not at all 28/4.

ljóð *n.* stanza 54/26.

ljós *n.* light 10/3; a light, a lamp 54/21, 23 *(pl.)*.

ljósta (laust) *sv.* strike 22/10.

ljúga (laug) *sv.* (tell a) lie 55/4; *md. impers.*, **hefr logizt í**: there has been a betrayal *or* treacherous failure (in s-thing) 24/18 (*see note*).

lofa (að) *wv.* permit; **l. e-m at** *(with inf.)* 37/24.

loft *n.* upstairs room, solar 66/26 (*also called* **skemma** *at* 65/16); sleeping chamber 27/22.

lok *n.* end; **at lokum**: finally 53/23.

lúka (lauk, *pp.* **lokinn)** *sv. with dat.*, bring to an end, finish 14/7; *impers. with dat.*, end 39/18; **e-u er lokit**: s-thing is over 26/24; *at* 36/4, 39/9, 45/8 *a dat. noun is understood* (**kvæðinu, flokkinum**).

lyfta (ft) *wv. with dat.*, lift, raise 13/16, 23, 24.

lygi *f.* lie 19/10, 21/2.

lykð *f.* end; **at lykðum**: in the end 60/19.

lyndi *n.* character, temper; **koma l. saman**: be compatible in temper, get on well together 29/16.

lýsing *f.* description 29/3.

lýstr *pres. of* **ljósta**.

lægim *p. subj. of* **liggja**.

lær *n.* thigh; **innan læra þér**: between your thighs 53/4.

lög *n. pl.* law, rules 9/27.

má (ð) *wv.*; **má af**: rub out, blot out, remove all traces of 61/4.

maðr *m.* man 5/6, 6/4; person; **hverr m.**: everyone 53/24; **engi m.**: no

Glossary 121

one 54/20; *pl.*, people 6/3, 33/12; *as indefinite subject* ('one') 21/3; retinue 34/4; **manna sterkastr**: a very strong man, among the strongest of men 33/5; **hvat manna**: who 60/4.

makligleikr *m.* what is proper, just; *pl.*, 8/17.

mál *n.* (1) affair, matter 21/5; affairs, life 22/24; circumstances; **um þitt mál**: in you 39/11; case 27/3; suit, claim 26/27; **flytja mál e-s**: support s-one's suit 33/11; **flytja mál e-s við e-n**: intercede for s-one with s-one 5/8. (2) speech, what is said 37/1; talk, conversation, interview; **at máli við, á mál við**: into conversation with, to speak with 19/27, 25/21; **breyta málum**: *see* **breyta**

málagjöf *f.* giving (payment) of **máli** 22/15, 24/18.

málasilfr *n.* the silver in which the **máli** was paid 22/10.

máli *m.* pay, salary of king's men 22/7, 24/11.

mánaðr *m.* month 12/27.

mannháski *m.* danger of (to) life, deadly danger 29/8 *(pl.?)*.

manntjón *n.* loss of a man, loss of life 8/11.

mansmaðr *m.* bondman, slave 11/23.

margr *a.* many 6/1, 7/8; *sg.*, many a 17/20; *as pron.*, many a man 17/16; *n.*, **margt**: a lot 45/3, 65/6; *with partitive gen.*, 38/25 ('a large number of other . . . men').

matast (að) *wv. md.* eat, take one's meal 34/18.

matr *m.* food 29/10, 55/15; meal 33/12.

með *prep.* (1) *with acc.*, bringing 14/8; **ganga með**: take 27/19. (2) *with dat.*, with (in company with) 5/14, 26/20, 54/13; in s-one's house 7/12, 43/9; **vera með e-m**: stay with s-one 14/15, 19/17, 47/16, be in s-one's service, follow s-one 29/7; between 21/10, 27/1 (*see* **þeir**), 66/2; **með sér**: between themselves 21/5, 23/5; carrying 27/22, 54/21; **fara með**: treat (s-thing) with 24/14, 26 (*see* **fara**); *of appearance*, **(vera) með**: have (a look of) 18/10; *of emotion*, in a state of 24/3, 28/16; with the accompaniment of 6/21 (using), 30/14, 52/19; along with (because of?) 10/3; at the same time as 7/23; by means of 23/17, 53/18; **með því**: under these circumstances, as a result of this action, after that 7/26; ; **með því at**: because 11/14, since, it being the case that 10/23, 52/8; along 59/11; **norðr með landi**: along the coast north, to the north of the country 26/24, 54/4, *similarly* 23/8; **skilja með**: *see* **skilja**.

(3) *as adv.*, with 8/28, 22/13 (*see* **fara**); **þar með** at the same time, also, as well 25/1, 33/19.

meðan *conj.* while 5/3; as long as 8/27.

mega (má) *pret. pres. vb.* be able, can 8/27, 9/9, 17/22, 35/8; **má:** may (*denoting permission*) 11/2 ('he is for sale'), will be able to 11/19; **ekki má þat**: it cannot be done 27/28; **sem má**: as much (well) as he can 28/25; **vera má**: it may be, maybe 12/20, 21/19; **mætti**: might 27/5; **eigi mættak**: I would not be able 58/7.

megandi *a. (pres. p.)* having power to do s-thing; **ekki m.**: helpless 6/29.

megin *m. indecl.* side; **öðrum m.**: from the other side (*i.e.* from that on which he was looking) 53/7.

meginbyggð *f.* major settlement, the main inhabited area 51/5.

meginland *n.* mainland, central area of country 61/6.

meir *adv. comp.* more 6/23; to a greater extent, more often 25/27; (*strengthening another comparative*) 44/22.

meiri *a. comp.* more 9/19, 36/26; longer 31/2; larger 22/7; greater 29/22, 34/16; *n. as noun or adv.* 8/10, 20/7, 24/29, 29/11.

meistari *m.* master 10/14, 20.

melrakkabelgr *m.* pelt of arctic fox 30/8 (*pl.*).

mennast (t) *wv.* become a (proper) man, develop qualities of a true man, develop well 11/20.

merki *n.* standard, ensign 33/14, 18.

merkiligr *a.* notable, distinguished 12/29.

merkr *pl. of* **mörk**.

mest *adv. sup.* most (highly) 13/7.

mestr *a. sup.* greatest; the greatest, very great 21/1, 61/7; a most successful, most influential, most assiduous 19/24; **yðvar mestr**: the greatest among you 13/1.

meta (mat) *sv.* put a price on, value 10/21, 11/12; **m. fyrir**: price at 10/22, 11/26.

metorð *n.* honour, commendation, esteem 6/26.

mettr *a.*; **vera m.**: to have finished eating 9/12.

miðr *a.* middle, central, middle of 61/6.

mikill *a.* great, large 14/8, 18/18; big, tall 10/12, 11/18; much, great, a great deal of 6/17, 26, 39/5; having a certain quality to a great extent

Glossary

6/10, 45/18, 51/18, 65/7; *n. as noun*, much, a great deal 11/22, 39/12 (*see* **eiga**); **e-m er mikit um**: one is greatly inclined, one wants very much 66/9; **miklu** *with comp*.: much, by a great deal 24/28, 33/23; far (better) 37/25; many (more) 18/28.

milli *prep. with gen.*, between 17/11; **vár í m.**: between (among) ourselves, to one another 13/26; **sín á m.**: among themselves, with each other 52/13.

minni (1) *n*. toast, obligatory round of drinking 20/3.

minni (2) *a. comp.* less 12/3, 33/24; *n. as adv.*, 29/11.

minnstr *a. sup.* least 38/20 (*n. as noun*).

mislíka (að) *wv*. displease; **e-m mislíkar e-t**: one is upset by s-thing 20/22.

mjök *adv*. very 5/9, 10/24; much 13/11; very much 6/11, 22/4; chiefly, almost entirely 52/1; **hversu m.** how far 18/2; **m. svá**: more or less, very nearly 22/21.

móðir *f*. mother 43/4, 52/17.

morgunn *m*. morning 21/12, 37/3; **á morgun**: in the morning, tomorrow 27/29.

mót *n*. (1) manner; **með því móti at**: on condition that, provided that 5/18; **með engu móti**: by no means, certainly not 18/15; **með minna móti**: to a less degree, even less well 33/24. (2) meeting, assembly 10/10, 18/8. (3) **í mót**, **í móti** *as prep. with dat.*, to meet, up to 37/4; to receive, to welcome, for 21/22, 34/4; against 13/11; *as adv.*, in exchange, in return 19/14.

munkat: *see* **munu**.

munkr *m*. monk 10/13.

munnr *m*. mouth 54/26.

munu (mun, munda, *p. inf.* **mundu, myndu)** *pret. pres. vb*. (1) *indicating future time*, shall, will 6/22, 8/12, 16; **myndi, mundi**: would 8/9, 11/8, 56/9 (*vb*. to be *or* **verða** *understood*); *p. inf. for future in the past* 5/17. (2) *indicating intention*, 12/20, 25/24, 29/26; *with suffixed pron. and neg.*, **munkat** (= **mun-ek-at**) 28/1. (3) *indicating willingness*, 10/25, 21/18 (*p. inf.*). (4) *indicating probability*, 7/14, 27 (*vb*. to be *understood*), 8/26, 10/18 (*vb*. to be *understood*), 24/20, 33/16 (must be), 38/1, 44/27, 66/6.

myrginn *m*. morning 20/23, 45/29.

myrkr *a.* dark 54/19.
mæðast (dd) *wv. md.* become weary, weak, less energetic 20/1.
mæla (t) *wv.* say, speak 5/20, 33/15; **m. við e-n**: say to s-one 34/6; **m. til e-s**: speak to s-one 20/26, say to s-one 23/9; **vel mælir þú**: well said! 37/6.
mæta (tt) *wv. with dat.*, meet; be faced with, have to undergo 29/12.
mætismaðr *m.* man of worth, splendid man 65/7.
mörk (*pl.* **merkr**) *f.* mark (*unit of weight*, 8 **aurar**) 10/26, 11/5, 27/8.
mörlandi *m.* person from land of suet *or* lard; **hann m.** that suet-lander 6/25 (*see note*).
mörn *f.* (female) troll 56/3 (*see note*).
möttulsskaut *n.* lap *or* skirt of mantle *or* cloak 22/9 (*where the lower part of the cloak is spread over Halldórr's knees*).
ná (ð) *wv. with dat.*, get, obtain 38/16, 46/9.
nafn *n.* name 12/7, 34/26.
nálgast (að) *wv. md.* draw near to 43/16.
náliga *adv.* nearly, almost 17/9.
náskyldr *a.* closely related 7/8.
náttúra *f.* nature 52/11.
náttúruvitr *a.* intelligent by nature, with natural intelligence, full of mother wit 52/3.
nauðga (að) *wv.* compel (**e-m** *or* **e-n til e-s**: s-one to do s-thing) 22/2.
nauðigr *a.* under compulsion, against one's will 57/10.
nauðsyn *f.* necessity 18/21.
nauðsynligr *a.* necessary, urgent; *sup. n.*, 38/18.
nauðungarmaðr *m.* a person subject to s-one else's will; **vera n. e-s**: be pushed around by s-one 12/21 (**nauðung** *f.* compulsion).
né *conj.* nor 19/2, 29/9, 11, 53/8.
neðan *adv.* from below 22/11.
nefna (d) *wv.* name; *md.*, say one's name is, give one's name as 54/22.
neinn *a. pron.* no; *after neg.*, any 24/17.
neita (tt) *wv. with dat.*, refuse 5/11.
nema *conj.* unless, if . . . not 9/2, 66/15; except 33/17; except that 18/18, 27/8; **ekki n.**: nothing but 17/19, 19/10.
nenningarlauss *a.* lazy, lacking initiative, listless 10/17.

Glossary

neyta (tt) *wv. with gen.,* make use of, indulge in, take 29/10; take advantage of (an opportunity *or* situation); *impers.,* **skal nú n. þess**: the opportunity shall now be grasped 28/6; avail o-self (of an offer *or* situation); *impers. passive* 44/4 ('your offer shall be taken advantage of').

níð *n.* insult, imputation of dishonour, libel (*especially one in verse*) 6/12.

níðast (dd) *wv. md.* act contemptibly; **n. á e-m**: treat s-one dishonourably, behave like a blackguard towards s-one 9/18; **n. á drykkju við**: fail to do one's part towards s-one in drinking 20/18.

niðr *adv.* down 22/12, 52/15; away 53/12; **koma n.**: *see* **koma**.

níu *num.* nine 9/29.

nógr *a.* enough, plenty of 29/15.

norðarliga *adv.* to the north 51/3.

norðr *adv.* north(wards) 26/24, 47/13; in the north 38/24, 47/10; **n. í**: in the north of 33/7, 38/16.

norrænn *a.* Norwegian 26/6.

nosi *m. used of* horse's penis 57/11; the literal meaning may be some other object suggestive of Völsi's shape (the word may be cognate with English 'nose').

nótt (*pl.* **nætr**) *f.* night 10/10, 19/1; **um nætr**: by night (*generic pl.*) 27/25.

nú *adv.* now 7/6, 9/21; just now (a little while ago) 11/15; just then 44/15; *referring to time of author* 61/8; after that, then, next 22/19, 26/7, 28/20, 53/13; **nú þegar**: immediately 28/1; **nú at sinni**: on this occasion 28/12; **nú svá skjótt**: on the spot 27/28; **nú . . . er**: now . . . that 33/23; **nú er . . . þá . . . nú**: when . . . then after that 27/2.

nýta (tt) *wv.* make use of, use as food, consume 52/10.

næða *p. subj. of* **ná**.

næmr *a.* quick(-witted), intelligent, quick to learn 52/3.

nær (1) *adv. interrog.* when 36/22; **hvé n.** 45/22.

nær (2) *adv. and prep. with dat.,* close, affecting s-one closely 8/8.

næst *adv. sup.* next 45/23; **því n.**: next moment 23/16.

næstr *a. sup.* next (**eftir**: following) 19/5; last 24/14; *dat. pl. as adv.,* **næstum**: last time 24/27.

nætr *pl. of* **nótt**.

nökkurr *pron. a.* some 46/8; any 13/10, 37/19; a certain 33/10; any kind of, *i.e.* in any way 35/24; **nökkur svá**: somewhat like, a sort of, pretty much like 24/24; *n.*, **nökkut**: something 10/2, 25/19; *dat. sg. n.* **nökkuru**, *with comp.*: a little, somewhat 60/18; *pl.*, a few, some 27/19, 29/19.

nökkut *adv.* somewhat, rather 6/5, 18/20; at all 46/20; to any extent 8/26; in some way, distantly 6/4.

oddviti *n.* leader, one in the front 59/19.

ódýrstr *a. sup.* least expensive, cheapest 10/18, 20.

of (1) *archaic prep. (later replaced by* **um** *and* **yfir**) *with acc. (or dat.?)*, over, above 60/8; *with acc., of time,* for, during 66/21.

of (2) *expletive adv. with verbs in verse* 55/22, 58/8; *see note to* 55/22.

of (3) *adv.* too 25/13.

ofan *adv.* down 37/4.

ófriðr *m.* hostility, state of war 17/10; *i.e.* an invading army, invasion 18/12, 19/11.

ófróðliga *adv.* foolishly 35/6.

oft *adv.* often 6/3, 28/5; *comp.*, **oftar**: any more times, again 23/23, 25/9, 66/10.

ófúss *a.* not eager (**at gera e-t**: to do s-thing) 28/21.

óglaðr *a.* unhappy; *comp.*, less pleased, less cheerful 29/10.

ógleðjast (-gladd-) *wv.* become sad, unhappy 17/13.

óheimskr *a.* not foolish, not stupid 44/25 (*litotes*).

óhlutdeilinn *a.* who keeps to himself, who does not meddle with others 51/18.

óhægri *a. comp.* more difficult, less easy (*i.e.* impossible) 13/8.

ok (1) *conj.* and 5/3; and so 34/12 (*facetious*); especially when there were 12/17.

ok (2) *adv.* also 5/18, 6/13; as well 45/14; in turn, in exchange 39/13.

ókunnr *a.* unknown 6/21, 60/5.

ókveðinn *a. (pp.)* not (yet) recited 45/17.

ólíkligr *a.* unlikely, improbable 46/27.

ólíkr *a.* unlike, dissimilar; not comparable (*i.e.* much greater) 8/11; *n.*, unlikely 10/25; *n. as adv. with dat.*, in a different way from, unlike 61/1; *sup.*, **e-t er eigi því ólíkast at**: s-thing looks very much as though 43/14.

Glossary

ómakliga *adv.* wrongly, unjustly; in an unjustified way 20/26; in an unfitting way 24/4 ('it will be wrong for you to part like that').

ómannliga *adv.* wrongly, unnaturally 61/1.

ómjúkr *a.* not compliant, not easy-going, uncompromising, hard to get on with 29/13.

ónafnligr *a.* sounding unlike a name, unsuitable as a name; **þó varð ónafnligt**: nevertheless (even though you say it is your name) it doesn't sound like a name, but it has turned out to be a strange-sounding name 44/9.

ónýta (tt) *wv.* spoil, destroy; waste 24/15; fail to make use of 53/8.

ór *prep. with dat.*, out of 6/22; from 17/4, 18/16; *indicating place of a person's origin* 25/20; from, in, which is in 66/11; *as adv.*, **ór ráðast**: *see* **ráða**.

orð *n.* word 6/10, 21/6; speech 30/11; *pl.*, message 29/25; **hafa (engi) o. um**: make any (no) remark (comment), say anything (nothing) about it 66/2, 7; **koma orði á**: speak of, refer to 11/17; **senda o. til at**: send a request that 30/7.

orðaframkast *n.* passing remark(s), chat 21/8.

orðinn *pp. of* **verða**.

orðsending *f.* message, communication 30/10, 47/12.

ormshali *m.* snake's tail 6/28.

órráð *n.* solution; **þar er okkr hægt til órráða**: it is easy for us to find a solution to that 20/6.

ort *pp. of* **yrkja**.

orti *p. of* **yrkja**.

ósiðr *m.* evil practice 61/4.

ósýnn *a.* not certain 28/5.

ótiginn *a.* not of noble rank, of the status of commoner 29/23.

ótrú *f.* irreligion, pagandom, unchristian activity 54/5.

óvandr *a.* unparticular, unfastidious, undemanding, uncritical (**at**: about) 39/4; **þat mun þér óvant gert**: we shall not make great (excessive) demands on you 43/21.

óvarr *a.* unaware; **á óvart**: unexpectedly, without one's (prior) knowledge 33/24.

óvingjarnliga *adv.* in an unfriendly (unkindly) way 24/1.

óvitrliga *adv.* foolishly 13/26.
penningr *m.* coin; *pl.*, money 11/28.
prettr *m.* trick 28/12.
ráð *n.* counsel, advice, recommendation 38/10, 47/9; plan, (possible) course of action 7/17; a good thing to do, what is advisable 11/21; **er nú r.**: it is now best, high time, you had better 27/27; **sjá ráð fyrir e-m**: tell s-one what to do, help s-one out 7/6; *pl.*, deliberations, decisions, planning, council 25/26.
ráða (réð) *sv.* rule; have one's way, be the one to decide 30/5, 56/10 (*or*, **r. um**: be in charge (of it, of things?); *see* **um**); **r. sér**: book, arrange (for o-self) 18/3; **r. (sér) e-n**: hire, engage, procure s-one 18/2, 27; **r. fyrir e-u**: make the decisions about, have one's own way in, be the one to determine 51/18; **r. fyrir her**: lead an army 18/14; **r. við**: manage, handle, get one's own way with, deal with 12/17. *Md.*, **ráðast ór**: be decided, be the outcome 23/7; **hvat ór ráðist**: how it turns out, what solution will be reached 18/7; **ráðast til**: go and join (take service with) 29/20; **ráðast til skips**: go and find (take) a place for o-self on a ship, settle o-self on a ship 24/3.
ráðagerð *f.* making of plans, council 25/28.
ragr *a.* cowardly, perverse, perverted, wretched, evil 60/15.
rauðr *a.* red 57/11.
raun *f.* test, trial (**við e-n**: of s-one); **til raunar við hann**: as a test of him, to test him 67/11; reality, proof; **hverr sem r. verðr á þínu máli**: whatever truth there turns out to be in what you say, whether or not experience confirms what you say 37/1.
reðr *n.* penis 59/10.
reiðast (dd) *wv. md.* become angry 22/4.
reiði *f.* anger, displeasure 5/7, 24/4; **hafa r. á e-m**: hold s-one in displeasure 14/17.
reiðingr *m.* gear (for riding) 43/23.
reka (rak) *sv.* drive, strike; thrust, throw 26/15; strip 52/10.
rekja (rakta) *wv.* unwind, unfold; **r. af**: wind off, undo 55/19.
rekkja *f.* bed 30/9.
rétta (tt) *wv.* pass, hand (**frá sér**: from o-self, *i.e.* over) 66/17.
réttr *a.* right, correct, true 54/7, 61/7; *n. as adv.,* correctly 35/9, 44/21.

Glossary

reykr *m.* smoke 23/22 (*acc. pl.*, *see* **leggja**).

reyna (d) *wv.* prove, try, test (*so as to reveal worth*; **at**: as to) 6/23 ('of proven valour'); test, put to the test 65/13; find out about: **seint er menn at r.**: it takes a long time to find out men's true nature 20/17; **r. til**: make an attempt 38/2 ('you are aiming rather high'). *Md. impers.*, **reynast**: prove (*intransitive*), turn out (to be) 34/20, 36/26.

rið *n.* steps, stairs (usually outside the house) 37/4.

ríða (reið) *sv.* ride 13/17, 33/13, 43/12.

ríkdómr *m.* power 13/15.

ríki *n.* power, rule (of a king) 5/4; kingdom 18/13.

rjóðr *n.* clearing 12/7.

ró *f.* peace (**fyrir**: from, *or* because of?) 19/2.

rotna (að) *wv.* rot, putrefy 53/12 ('so as to prevent it rotting').

rúm *n.* place 21/17, 34/13.

ræða *f.* speech; **eiga ræður við**: converse with 44/25.

rægja (gð) *wv.* slander, accuse, run down, speak ill of (**við**: to) 6/9.

röskligr *a.* vigorous, virile-looking 52/21.

saga *f.* story 14/7.

saka (að) *wv.* blame; *md. pl.* complain, blame ourselves *or* one another 13/28.

sakar, sakir *prep. with gen.* (*acc. pl. of* **sök**), because of 7/21, 13/15; **fyrir s.** 17/10, 65/10; **fyrir mínar s.**: for my sake 7/11.

sákat *see* **sjá**.

sála *f.* soul 12/26

sám *p. pl. of* **sjá**.

sama (ð) *wv.* be fitting, be right 25/12, 66/23.

saman *adv.* together 35/1; in agreement, *see* **koma**; **s. fara**: happen as a result, in accordance with s-thing else (the one thing will result in the other, *sc. what is indicated by the* **ef**-*clause and what is indicated by the* **at**-*clause*), the two things will go together 9/1.

samfastr *a.* connected together; *of words*, bound, *i.e.* in verse 6/11.

samr *a.* same 9/20, 23/14, 53/17; *n. as adv.*, **samt**: together 55/16.

samþykki *n.* consent, agreement 38/10, 47/15.

sannnefni *n.* true description, name that fits, appropriate (good) name (**e-m**: for s-one) 65/4.

sannr *a.* (*n.* **satt**) true 21/20, 24/20, 39/10; correctly accused, guilty 8/4; *comp.*, more just, more proper, a better course of action 8/20.

sártík *f.* 'wound-bitch', murderous *or* scabby bitch? 60/15 (*with def. art.*, 'you ... !').

séð *subj. pl. of* **vera**.

segja (sagða) *wv.* say, tell (**e-m**: s-one) 6/1, 22/16; report 8/3; announce 19/5; *referring to what is said in a book or a story*, 17/3; **er frá því sagt, er svá sagt**: the story goes 19/19, 22/19, 65/1; **e-m var sagt**: s-one was told 33/13; **eru at s.**: are to be told 19/10; **s. fyrir** (*adv.*): dictate, give instructions (directions) as to the course 54/7, predict, prophesy 14/2; **s. e-m til**: report (s-thing) to s-one, tell s-one (about s-thing) 21/19; **s. upp**: announce, pronounce 9/4, 21/12. *Md. with inf.*, say that one (will do s-thing) 5/17.

segl *n.* sail 28/24, 58/20.

seilast (d) *wv.* reach out (**til e-s**: for s-thing) 22/3.

seimr *m.* gold, gold thread; **seima Bil**: *kenning for* woman 51/14.

sein *f.* lateness, delay; **var eigi s. at e-m**: s-one was not late in arriving, not slow to arrive 19/6.

seinn *a.* late, slow; *n. as adv.*, slowly, late 18/10; **e-m gengr seint**: it takes one a long time, one does not get on very well 20/16; **seint er**: it takes a long time 20/17; *comp. n. as adv.*, **seinna** later 55/10.

selja (ld) *wv.* give, sell 10/8, 15, 11/1; **s. fram**: hand over 28/13. *Md.*, be sold 11/2.

sem (1) *adv. and conj.* when 34/19; like 5/12, 36/25; as 25/22, 26/7, 28/14, 33/21, 55/17; as if 9/7, 67/6; as well as 54/6; **svá sem, svá ... sem**: as if 8/14, as ... as 34/2, the same way as 8/29, like 10/13, as 34/20, in the way that 12/25, *cf.* **svá**; **jafn- ... sem**: as ... as 19/20; *with adverbs*, **þar sem, hvar sem, þangat sem**: where, wherever (*see* **þar, hvar, þangat**); **hvégi sem**: however 28/4; **hvárt sem**: whether 29/8; *with sup.*, as ... as possible 28/21, 53/10, 61/7; **sem má**: as much (well) as he can 28/25; **því** *with comp*. ... **sem** *with comp.*: the more ... the more ... 36/26, 39/7 (*see* **því**) .

sem (2) *rel. particle*, who, which 19/3; where, in which 45/5; **sá sem**: who, which 7/9 (*see note*), 17/11; **sá ... sem**: the ... which 13/29, 52/11; **í því ... sem** in the same ... as 35/29; **sem hann gerir**: which

Glossary 131

he does, and does so (*relating to whole of preceding clause*) 22/3; **þat sem**: what 29/27, 51/2; which (*separated from antecedent,* **annat**) 53/8; **hverr sem**: whoever, whatever 29/14, 37/1.

semja (samða) *wv.* settle, come to an agreement about, put right, mend 21/4.

senda (nd) *wv.* send 7/10, 14/12.

sér (1) *pres. of* **sjá**.

sér (2) *pres. subj. of* **vera**.

sér (3) *reflexive pron. 3rd pers. dat.* (*refers to subject of sentence*) 45/6.

sess *m.* seat, place 54/18.

sessunautr *m.* neighbour at table, table companion 5/22, 20/11.

setja (tt) *wv.* set, put 6/27, 10/6 (cause to sit); place, put in a certain position (*metaphorically*) 29/23; **s. mat fram**: serve food 55/15; **s. e-t til e-s**: introduce, bring s-thing into s-thing, use s-thing in s-thing 21/25; *impers.,* **e-t** *(acc.)* **setr at e-m**: s-one is overcome by s-thing 35/9 ('he burst out laughing'); *md.* **setjast**: sit down 21/16, 54/17, 55/11.

sex *num.* six 26/19, 36/14.

sextögr *a.* sixty years old 9/29.

síð *adv.* late 27/19; **s. dags**: late in the day 54/10.

síðan *adv.* then, afterwards 14/12, 21/21; after that 14/15; again 13/20; *as conj.,* after 10/3, 12/27, 29/16; **s. er**: after 5/3, 30/13; **síðan ... er**: since 26/5.

síðar *adv. comp.* later 9/14; *with dat.,* **fám dögum s.**: a few days later 17/23, *similarly* 18/24, 29/19.

síðari *a. comp.* later, latter, second (of two) 15/3.

síðast *adv. sup.* last of all 38/17; **þat sá þeir s. at**: the last they saw was that 28/26.

síðasta *f.* end; **at síðustu**: in the end 9/3.

síðir *f. pl.*; **um síðir**: eventually, at last 45/10.

síðkveld *n.* late evening; **um síðkveldum**: late at night(s) 20/19.

siðr *m.* practice, custom 53/20.

síðr *adv. comp.* less; **eigi s. en**: no less than 21/28; **eigi at s.**: nevertheless, nonetheless 21/18; **at síðr ... at**: the less ... in that 37/28 ('so far from having'); *sup.,* **sízt**; **hann hefði verit með honum allra manna svá at sízt**: he had been the one among all his followers who had least 29/7.

sigla (d) *wv*. sail 23/9, 28/25.

sigling *f*. sailing, travels by sea; **í siglingum**: engaged in travelling abroad (as a merchant) 19/24.

silfr *n*. silver 6/8, 10/22.

sinn (1) (*n*. **sitt**) *pron. a. reflexive* (*referring to subject of clause*) 5/8, (*to subject of phrase*) 65/15.

sinn (2), **sinni** *n*. time, occasion 13/23, 24/14; **eitt sinn**: once, on a certain occasion 5/6; **öðru sinni**: next time, the (a) second time 23/13, 36/23; **nú ... at sinni**: (at) this time 28/13; **þá ... því sinni**: on that occasion 30/14.

sitja (sat) *sv*. sit (**í**: on) 5/21, 10/12, 38/25; stay 10/9, 17/7, 18/22; **sat hann**: he had a seat 33/12; **s. eftir**: remain behind 19/21 (sit up), 33/17; **s. fyrir**: face 45/1; **s. við drykkju**: sit (over one's) drinking 26/11; **s. yfir borðum**: sit at table (at a meal) 7/23.

sízt *see* **síðr**.

sjá (sá, *pp.* **sét)** *sv*. see 13/19, 52/20; **sá-k-at**: I have not seen 59/8; **sjám**: let us see 19/4; *impers.*, **sá**: one could see 20/14; perceive 11/18; realise 22/24, 60/22; know 8/26; **s. þykkjumst ek**: I feel sure, it seems likely to me 11/8; *with acc. (and inf.)*, see s-one to be s-thing, can see that s-one is 10/24, see s-one do s-thing 43/12; **s. e-n sitja**: see s-one sitting 44/5; **s. fyrir e-u**: look after, see to s-thing 43/23; **s. e-t fyrir e-m**: provide, find s-thing for s-one 7/6; **s. til e-s**: look at, glance at s-one 54/23 ('kept looking at'); **s. þar til e-s er ek em**: look to me for (to obtain) s-thing, expect s-thing from me 8/12; **s. við e-u**: beware of s-thing 56/16 (*or* look to, at? watch out for, take care of?).

sjálfr *a*. himself 7/15, 33/19; yourself 45/21; **bóndi s**. the very master of the house 56/5; **sjálfir**: themselves in person 30/13; by themselves 34/4, for themselves 43/22.

sjónfríðr *a*. handsome in appearance 33/4.

sjór *m*. sea 13/29.

skaði *m*. damage, destruction; **vinna e-m skaða**: cause s-one harm *or* loss, injure, despoil, cause mischief to s-one 18/14.

skálir *f. pl*. scales 28/9.

skáld *n*. poet 33/5, 65/6 (*epithet of* Þjóðólfr).

skammlauss *a*. without dishonour 34/9.

Glossary

skammr *a.* short 10/25; *n. as adv.*, **skammt**: a short distance 23/21.
skap *n.* attitude, state of mind; character, nature, temper 25/2, 28/2; **búa í skapi e-m**: be on one's mind 17/14.
skapa (að) *wv.* shape, make, form 59/6.
skapan *f.* ordinance, arrangement, decree 52/11.
skapari *m.* creator 60/22.
skapker *n.* vat, container from which drinks were served 20/29.
skaplyndi *n.* character, the way one's mind works 30/1.
skapstórr *a.* proud, grand, superior; **maðr s.**: a man of character 66/5.
skark *n.* noise 27/23.
skarlatskyrtill *m.* tunic of scarlet (a kind of rich cloth) 65/18.
skarlatsskikkja *f.* cloak of scarlet 65/18.
skella (d) *wv.* cause (s-thing to make) a loud noise; **s. höndunum saman**: clap one's hands together 35/1; **s. upp**: burst out (into laughter), roar out 53/5.
skemma *f.* private room 6/15, 65/16.
skemmri *a. comp.* shorter 41/2.
skemmta (mmt) *wv. with dat.*, entertain 9/22, 45/6; *intransitive*, provide entertainment, perform 37/7, 45/7.
skemmtan *f.* (providing of) entertainment 45/25, 46/6.
sker *n.* skerry, low-lying rock, almost submerged rock 23/15.
skera (skar) *sv.* cut 52/15, 22 (**af**: off).
skikkja *f.* cloak 55/2, 65/14.
skilja (lð) *wv.* (1) part 28/19, 38/21; *impers.*, **skilr með þeim**: they (were) parted, went (were obliged to go) their different ways, their paths divided 28/28; *md.*, part from one another, separate 30/13. (2) understand, see 39/11.
skilnaðr *m.* parting 24/4, 26/10.
skína (skein) *sv.* shine 10/4.
skip *n.* ship 12/23, 27/2, 54/4, 65/5.
skipa (að) *wv.* assign a place (**e-m**: to s-one) 9/25; **s. sessum**: arrange the seating 54/18; *intransitive*, arrange matters, settle (a dispute) 27/1.
skipagangr *m.* movement of ships, sea traffic 17/10.
skipan *f.* place (on a ship) 18/4.

skipstjórn *f.* command of a ship 26/3; **þar til skipstjórnar**: to command that ship 25/24.

skipta (pt) *wv. with dat.*, divide up, apportion 12/25; *md.*, **skiptast e-u við**: exchange s-thing 55/9.

skipun *f.* manning, crew (*cf.* **skipan**); **þrenna s.**: three times the normal complement 26/20.

skipverjar *m. pl.* crew 18/2.

skíra (ð) *wv.* baptise 60/20.

skírr *a.* pure (of silver) 22/10; unalloyed, in pure silver 24/23.

skjóta (skaut) *sv.* shoot; pitch (a tent) 23/18; **s. e-u undir**: submit s-thing to 27/3; **s. því orði við**: make this reply, let out in reply, retort 30/11.

skjótr *a.* quick; *n. as adv.,* **skjótt ætla ek**: it won't take me long 17/18; **svá skjótt**: in such a hurry, on the spot 27/28, 38/9.

skógr *m.* wood, forest 10/9, 12/5, 13/18.

skorinn *pp. of* **skera**.

skorta (rt) *wv. impers. with acc.*, lack; **skorti eigi**: there was no lack of 28/25.

skósveinn *m.* personal servant 6/6.

skrautliga *adv.* ornately, splendidly, richly 43/12.

skulu (skal, skylda) *pret. pres. vb.* (1) *indicating necessity or obligation,* **skaltu**: you shall, must 8/21, 36/2; **skyldi, skyldu**: ought 43/19, 60/22, *in indirect commands*, should 29/20; **skyldu, skulu**: have the duty of, be required to 26/13 (were supposed to), 34/3; **skalt þú vita**: I would have you know 11/24. (2) *indicating intention,* shall 65/13; *impers.*, 9/19, 28/6; *in indirect speech,* **skyldi**: would 29/21; was to 45/5; **hvat skal**: *see* **hvat**; *with verb to be understood*, 39/13, 47/5. (3) *indicating permission,* **skal**: may 18/19; **skyldi**: might 5/10, 9/28, 26/17 (was to).

skyggðr *a.* polished so as to be translucent 20/14.

skyldr *a.* under an obligation; **s. e-m**: related to s-one 6/5; **s. til at**: bound to, under an obligation to, having a duty to 14/3.

skynjar *f. pl.* understanding, knowledge (**á**: of) 52/5.

slá (sló) *sv.* strike; **s. e-u niðr**: fling s-thing down 24/14.

sleitiliga *adv.* unfairly, in a deceitful fashion; **drekka s.**: cheat at drinking 20/28.

slíkr *a.* such 18/21; *in pl.*, such as this (one) 8/17, 34/2; *n.*, such a thing

Glossary

as that 22/16; **í slíku**: in such an event 61/3; **slíkt er**: whatever 8/5, 25/7; **slíkt ... sem**: whatever 25/8, such ... as (*i.e.* as good ... as) 37/23, (*i.e.* considering how much) 24/26; **slíkt sem ek vil ... af liði**: whatever troops I wish 18/17.

slíta (sleit) *sv. impers. with dat.*, be broken off; **mótinu slítr**: the meeting comes to an end, is broken up 18/24.

snemma *adv.* early 17/9, 23/27.

snúa (snera) *sv. with dat.*, turn; convert 54/7; *impers. passive with dat.*, s-thing is changed (*see* **hýbýli**) 55/14; *intransitive*, go in a certain direction; **s. eftir**: make after 26/21.

snævigr *a.* doughty, agile, skilful 58/19.

sofa (svaf) *sv.* sleep 27/21, 29/10, 37/1; lie 35/29; **ganga at s.**: go to bed 19/21, 35/28.

sofna (að) *wv.* fall asleep 36/7.

sómi *m.* honour, action showing esteem for s-one 25/3.

son, sonr *m.* (*gen.* **sonar**, *pl.* **synir**) son 3/2, 5/1.

sótti, sóttr *p. and pp. of* **sækja**.

spakr *a.* sensible, well-bred 51/17.

spilla (t) *wv. with dat.*, spoil, damage 23/23.

spretta (tt) *wv. with dat.*, tear; **s. e-u af**: rip s-thing off 66/28, 67/6.

spyrja (spurða) *wv.* hear, learn 6/27; ask 9/13, 10/28; **s. e-s**: ask s-thing 44/20; **s. e-n at nafni**: ask s-one his name 12/7, 54/22.

staddr *a. (pp.)* positioned, placed, present; **vera s.**: (happen) to be in a certain place 43/11.

staðr *m.* place; **annars staðar**: elsewhere 54/6; **í stað e-s**: in s-one's place, as a replacement for s-one 23/2; **fyrst í stað**: immediately, for the moment, to begin with 8/19.

stafn *m.* prow, stem; the place (position, station) at the prow 23/2 (*see note*).

stafnbúi *m.* one of the fighters at the prow, forecastle-man 59/18 (*metaphorical?*). *See note to* 23/1–2.

stallari *m.* marshal 9/26.

standa (stóð) *sv.* stand 28/15, 65/17; stand up, hold o-self erect 53/19; **s. upp**: stand up, get up 9/21, 19/9, 53/6; **s. í**: be dressed in, be wearing 66/22; **s. eftir**: be outstanding, remain unpaid 27/8; *md. impers.*, **þannig**

stenzt af um: these are the circumstances as regards, this is the situation as regards, this is the nature of 46/7.

starfa (að) *wv*. work; **s. fyrir**: look after, provide for 34/4.

stefna (d) *wv*. summon, call, appoint, arrange 9/20; make for, aim at, be pointed at 23/15.

sterkr *a*. strong 11/19; *sup.*, **manna sterkastr**: a very strong man, one of the strongest of men 33/5.

steypa (t) *wv. with dat.*, pour 12/1; **s. e-u af sér**: throw off s-thing 66/28; **s. yfir**: throw over (the top of) 54/15.

stígr *m*. path, way 13/29.

stika (að) *wv*. measure (with a yardstick) 65/17.

stríðlæti *n*. inflexibility, obstinacy 25/2.

stjórn *f*. steering, command (of a ship); **hafa skip til stjórnar**: have command of a ship 25/11.

stofa *f*. room, living room, parlour 7/20, 44/2, 52/17; private room 26/12.

stórlyndr *a*. munificent, magnanimous 67/5.

stórmennska *f*. munificence 65/11; greatness and generosity of character 25/1.

stórr *a*. large 52/5; proud, high-sounding 36/28.

stórættaðr *a. (pp.)* of great descent, of noble birth 25/23.

strangr *a*. hard, harsh, severe 18/20.

stríða *f*. harshness, unpleasantness, adversity 29/12.

stríðmæltr *a*. harsh of speech, argumentative, abusive 5/9.

stund *f*. time, period of time 10/25, 14/15; **langar stundir**: very long 38/23.

stuttorðr *a*. abrupt, brief, concise of speech, laconic 29/13.

styðja (studda) *wv*. support, build up, help to stand 56/2.

stygglyndr *a*. prickly, inclined to take offence, pettish 29/13.

stýra (ð) *wv*. steer 23/10; *with dat.*, have command of, be captain of 25/20.

stýrimaðr *m*. steersman, helmsman 23/11; captain 25/16.

stýrir *m*. helmsman; *perhaps metaphorically*, ruler *or* guide 59/17.

styrkna (að) *wv*. become strong 53/19.

styrkr *a*. strong; *sup.*, 29/5 (*cf.* **sterkr**).

stytti *f*. unfriendliness, curtness 30/14.

Glossary 137

suðr *adv.* south 22/20, 23/8.
sumar *n.* summer 19/17, 65/1; *pl.*, years 29/19 (*i.e.* 'one summer a few years later').
sumr *a.* some 28/23 ('some men'), 38/1.
sundaleið *f.* the route between the islands and the Norwegian mainland 33/8.
sundr *adv.* apart, separately, in different directions 23/22.
sundrgerðarmaðr *m.* eccentric person, one who uses *or* likes extravagant behaviour *or* display, affected 6/10.
sundrlauss *a.* (*of words*) unbound, *i.e.* not in verse 6/10.
svá *adv.* so 11/19, 38/9; such 46/28; also 14/14, 51/5, 66/3; thus, then 54/16; so on 53/22; thus, without further development 27/10; in the same way, without changing 23/11; as follows 6/20, 9/21; *referring back*, so, thus 5/9, 7/25, 13/16, 24/21, for that 23/29; **svá er**: that is right, that is so 35/26, 39/1; **eigi er svá**: that is not so 36/16; **mjök svá**: very nearly 22/21; **nökkur svá**: somewhat like, rather a 24/24; **svá at** *as conj.*, so that 7/3, 19/1; thus, that 9/6; **svá . . . at**: in such a way that 54/18, 61/9 (with the result that), so much that 53/18, thus . . . that 36/6, 52/7, it being the case that, in such a way that (*accompanying action or circumstances*) 28/5, 53/13, 54/20, this, that 7/12, 23/1, it . . . that 19/19, 34/20; *similarly at* 8/2 (*or*: in such a way that, *or*: 'it was brought about by the fact that'); **svá . . . er**: in such a way that 27/4; **svá sem**: in such a way as 12/25, (*of time*) just as 52/14, 54/25; **svá . . . sem**: like 10/12, as 34/20, as . . . as 11/12, 34/1, such . . . as 11/18, as if 8/14, just as 8/28.
sváfu *p. pl. of* **sofa**.
svara (að) *wv.* reply, answer 7/8, 13/8, 18/3; **s. engu**: make no reply 35/2, 65/22; **s. e-m því (þessu)**: make this reply to s-one 35/14, 17.
svarkr *m.* proud, haughty, bossy woman 51/18.
sveinn *m.* boy, lad, servant, man in service 26/13 (of members of crew).
sveit *f.* company, following, troop 14/8.
svelgja (svalg) *sv.* swallow 60/14.
sverð *n.* sword 8/22, 9/8.
sverja (svarða) *wv.* swear; **s. e-s við e-n**: swear s-thing by s-one; *with suffixed pron.*, **sverk**: I swear 57/8.

svín *n.* pig 35/15, 44/19.
svívirða (rð) *wv.* dishonour, insult 22/14 (**í**: by this action).
svívirðing *f.* dishonour, contempt, insulting behaviour 24/26; **mér til svívirðingar**: in a way that is insulting to me 23/24.
svívirðliga *adv.* dishonourably, insultingly (**til e-s**: towards s-one) 24/16 ('that this action was intended as an insult towards him').
sýn *f.* sight; **fríðr sýnum**: handsome in appearance 29/5.
sýna (d) *wv.* show 13/25, 67/2. *Md.*, appear; be seen, be apparent, be revealed 61/3; **sýnist**: can be seen to be 22/10; **sýnast með**: look as though one has, appear to have 18/10; **e-m sýnist**: it seems to one (to be) 11/21, 14/4.
sýnn *a.* visible, apparent; *n.*, **sýnt**: clear, certain 65/9.
sýr *f.* sow (*as a nickname*) 22/2, 35/15.
sýsla *f.* work 66/27.
sýslulauss *a.* idle, without s-thing to do 8/2.
systir *f.* sister 56/18.
sækja (sótta) *wv.* seek; go and fetch, bring away 14/10; take a certain direction *or* route, make one's way, go (to a place) 47/13; attack 9/1.
sæmð *f.* honour 17/5, 34/16; *in pl.*, honourable settlement, amends, redress 8/12.
sæmiliga *adv.* fittingly, properly, decently 43/18.
sæmiligr *a.* proper, fair 27/6.
sæmri *a. comp.* more suitable 57/18.
sæng *f.* bed 45/7.
sæti *n.* seat, place 5/20, 44/2.
sætt *f.* reconciliation; **koma sér í s. við e-n**: obtain reconciliation with s-one for o-self, become reconciled with s-one 14/14.
sætta (tt) *wv.* reconcile; **s. e-n við**: bring s-one back into favour with, obtain forgiveness for s-one from 14/13. *Md. (reciprocal)*, be reconciled, make it up 24/7.
sök *f.* sake (*see* **sakar**); offence, charge 8/4, 14/16.
taka (tók) *sv.* take 9/27, 10/5, 21/21; receive 22/9, 26/8; accept 60/20; take up, begin to observe 53/20; take on 19/4; get out, get ready 34/17, 55/14; take possession of 26/15; **taka sér**: find o-self, take for o-self 54/15, *i.e.* rent? 33/11, 43/8; *with inf.*, begin to 17/8, 27/11; **t. á e-u**:

Glossary

take hold of, touch, put one's hand on s-thing 57/6; **t. af e-m**: take from s-one, deprive s-one of 26/3; **t. upp**: pick up 53/13, 65/23, 67/1; **upp of tekinn**: stuck up, sticking out 55/22; **t. við e-m**: receive s-one into one's care *or* protection 5/16, 7/10, take into one's company 12/23; **t. vel við**: welcome, receive with pleasure *or* hospitality 5/21, 47/14; **er, verðr (vel) við e-m tekit**: s-one is received (with hospitality) 33/11, 21; **taka við (e-u)**: accept, take (s-thing) 21/21, 56/7, 57/10, 16, 58/5; take over, take charge of 9/8, 22/18, 26/8. *Md. impers.,* **e-m til tekst**: it turns out for one; **oss hefði mjök óvitrliga til tekizt**: we had acted very foolishly, had ended up great fools 13/27.

takmikill *a*. able to achieve a great deal, able to work well 11/20.

tal *n*. speech, conversation; **eiga t. við e-n**: converse with s-one 39/13.

tala (1) *f*. account, reckoning 12/2.

tala (2) **(að)** *wv*. speak 9/21, 13/26, 19/16; **t. margt**: talk of many things 45/3; **at svá töluðu**: *see* **at** (2); **t. um**: talk about (it) 39/6; **t. við**: talk (speak) to *or* with 18/9, 35/22. *Md.,* **tölumst við**: let us talk together 44/23.

telja (talða) *wv*. count 36/12; give an account of, speak of, preach 60/17; **t. eftir**: keep an account 45/12.

tíðast *see* **títt**.

tíðendi *n. pl*. tidings, news 19/9; happenings, events 9/19; **tíðendin**: what has happened 7/25.

tiginn *a*. noble, high-ranking 37/27.

tigr *m*. a group of ten; *in numerals for multiples of ten (with gen.),* **sex tigu**: sixty 36/14; **þrír tigir**: thirty 45/14.

til *prep. with gen*. (1) *direction,* to 6/15, 10/14, 26/23; in the direction of 54/24; to the house of 5/15, 33/10; to the presence of 5/24, 67/9; **búinn til**: ready to go to 27/26; *see* **setja**. (2) *time,* until 13/5, 30/15; **til þess er** *(as conj.)*: until 54/19. (3) *purpose,* for 11/29, 33/12, 52/9; in order to obtain, so as to get 8/12, 17/22 ('to be rewarded with nothing'); so as to cause 23/24; for the purpose of 25/11, 52/12; **til þess eins at**: solely in order to 21/25; as, to be 39/13, 65/10, 67/11; so as to get to 19/1; to hear 6/3; **til hvers**: for what purpose, to earn what 24/10; **til þess**: to do this 6/13, 25/28; to announce 18/8; *see* **færr, vinna**. (4) *attitude,* towards 55/3; to accept 60/18. (5) *as adv., of direction,* up

52/16; **þangat til**: to(wards) it 53/15; **þar til er**: to where 27/20; *of time*, **hér til**: up to now 25/28; **þar til er, þar til sem**: until 36/7, 53/23; *of purpose*, **til at**: for, requesting that 30/7; **gefa e-m fé til at gera e-t**: give s-one money to do s-thing 21/14; **vera til**: be available (exist, be possible) 7/17, 17/19; *see* **bera, bregða, búa, gera, geta, gæta, hafa, heyra, hitta, líta, skyldr, vanði, vísa** (2).

tilganga *f*. approach; **fyrir borðs tilgöngu**: because of my (late) going to table, in connection with my going to table 8/1.

tilkvámumaðr *m*. newly-arrived person 55/7.

títt *adv*. (*n. of* **tíðr** *a*.) quickly, immediately 28/13; *sup*., **sem tíðast**: as quickly as possible 28/21.

tízka *f*. custom (**til e-s**: for s-thing to be done) 21/12.

tjá (ð) *wv. impers. with dat*., profit, avail; **tjáði oss ekki at**: it did us no good to, it did no good for us to (do s-thing) 13/28.

tjalda (að) *wv*. spread awnings (to sleep under) 54/11.

toga (að) *wv*. pull 6/22.

tólf *num*. twelve 10/22, 25/6.

torg *n*. market-place 11/13, 16.

tregr *a*. reluctant, unwilling (**til**: for) 60/18.

trú *f*. faith, religion (*always referring to* Christianity) 52/6, 54/7, 61/8; the true faith 60/17.

trúa (ð) *wv. with dat*., trust, rely on 28/4 ('I shall not be able to trust you'); **t. á e-n**: believe, have faith in s-one 60/22.

tröll *n*. troll 6/22.

tunga *f*. tongue; **toga yðr tungu**: pull your tongue(s) 6/22 *(sg. for pl.)*.

tveir *num*. (*f*. **tvær**, *n*. **tvau**) two 7/21, 11/26, 12/18; **á tvær hendr honum**: on each side of him 35/23.

tvítögr *a*. twenty years old 9/28.

tæpt *adv*. scarcely, hesitantly, almost without touching 57/6.

um *prep. with acc*. (1) *of space*, through 13/18; around 11/13; **um fram**: ahead of, beyond, superior to 13/2. (2) *of time*, at, in 19/17, 20/19 (*here with dat*.), 27/25, 33/7; for, during 21/16, 27/10, 54/12; *see* **hríð, síðir**. (3) *of subject*, about 6/12, 36/26, 37/16; concerning, in relation to 8/13; with, as regards 11/22, 28, 24/18, 27/14, 39/12; **at vera um e-t**: *see* **vera**; **um kyrrt**: *see* **kyrr**. (4) *as adv*., about it 39/6, 66/2; **hér um**: about

Glossary 141

this, for this 19/2; *see* **eiga, fár, gefa, mikill, verðr**. (5) *expletive with verbs in verse* (*cf.* **of** (2)) 56/10 (*or,* about it, *as* 4 *above, see* **ráða**).

ummæli *n.* expression, statement, utterance, what s-one says about s-thing 53/25.

umræða *f.* remarks, comments 20/22; discussion (**um**: about) 66/12.

una (ð) *wv.* be pleased, content (**þá við**: with things if that happens) 9/1.

undan *prep. with dat.,* from under, off the bottom of 23/16; *as adv.,* away 28/28, 29/2; **fara undan um**: *see* **fara**.

undarligr *a.* strange, amazing 46/16.

undir *prep.* (1) *with acc.,* under (*see* **ganga**); subject to (*see* **skjóta**). (2) *with dat.,* below 27/22, 54/9; **undir sér**: at one's disposal 39/12 (*see* **eiga**). (3) *as adv.,* beneath 22/11; **þar sem . . . undir**: under which, below which 51/4.

undirhlutr *m.* bottom part of the stem (at prow of ship) 23/16.

ungr *a.* young 6/4.

unnit *pp. of* **vinna**.

upp *adv.* up 9/21, 12/19; ashore 10/6, 27/19; *see* **fá, gera, gjalda, segja**.

upphaf *n.* beginning 51/7.

uppi *adv.* up 28/16, 65/19.

uppivöðslumikill *a.* rowdy 52/2.

upplenzkr *a.* from Upplönd 20/9 (*see index*).

upplost *n.* (false) rumour 19/10.

út *adv.* out 7/4, 28/20; outside 33/15, 53/6; out to sea 28/25; *see* **leggja**; abroad 6/27, 17/2, (to Iceland from Norway) 17/15, 24/3.

útan (1) *adv.* on top (of clothes); **ú. yfir**: over the top of 54/15; from abroad (from Iceland to Norway) 19/18, 33/6, 43/7, 65/2.

útan (2) *conj.* except 7/15; other than 36/14.

útanlands *adv.* abroad 5/3, 6/1.

útar *adv. comp.* further out (towards the doors of a room), in a seat of lower rank; lower down (the table *or* room) 34/9; **ú. á bekkinn**: lower down the bench 44/6.

útferð *f.* travel abroad (to Iceland from Norway) 27/15.

úti *adv.* outside 27/22, 43/11.

útskagi *m.* outlying (remote) ness *or* headland 61/5.

vaka (ð) *wv.* remain awake 45/9.

vakna (að) *wv.* wake up; **v. við**: be awakened by it, wake at, because of it 27/24; **v. við þat, er**: wake up to find, be wakened by 23/19.

vald *n.* power 13/12, 14/6; **ganga á v. e-s**: give o-self up to s-one, submit to s-one's authority 9/11; **leggja á konungs v.**: submit (it) to the king's authority *or* judgement, leave it to the king to decide 26/27.

ván *f.* hope, expectation; **meiri v. at** *(followed by subj.)*: it would seem more than likely that, it looks as though, there seems a greater likelihood (*i.e.* now that this has happened) that 66/20; **vita vánir e-s**: be expecting s-one (s-thing), have reason to expect s-one (s-thing) 43/13, 19.

vanði *m.* custom (**til e-s**: to do *or* have s-thing); **en vanði hans var til**: than it was his custom to do 29/11.

vandliga *adv.* carefully; *sup.*, 53/10.

vandr *a.* (*n.* **vant**) difficult, demanding 34/1; hard 24/2, 44/17.

vandskipaðr *a. (pp.)* manned with difficulty, difficult to man (**e-m**: by s-one, for s-one) 23/1 (*i.e.* 'it will be hard for you to find anyone for the prow as good').

vanr *a.* accustomed (**e-u**: to s-thing) 37/13, 46/5; *n.* **vant**: customary, usual 21/14.

vant: *see* **vanr** *and* **vandr**.

vápn *n.* weapon 8/23, 66/11; **vera með vápnum**: be armed 27/20.

vápndjarfr *a.* brave, valiant in battle; *sup.*, 29/5.

vár *n.* spring 17/12, 27/16.

vára (að) *wv.* become spring 17/8, 27/11.

varða (að) *wv.* concern, be of importance to (s-one); **ekki varðar þik**: it is no business of yours 12/8.

varðveita (tt) *wv.* keep, guard, look after 10/7, 26/13.

varla *adv.* scarcely, hardly; **varla fáir þú**: it is unlikely that you will get 24/5.

varr *a.* aware; **verða e-s v.**: get to hear of s-thing 6/14.

vátr *a.* wet 26/14.

váveifligr *a.* sudden, surprising, unexpected 29/8.

vaxa (óx) *sv.* grow 52/4, 53/18.

vefja (vafða) *wv.* wrap, fold 53/10; **v. at sér**: wrap one's arms round, *or* wrap round one's body? 58/5.

Glossary 143

vega (vá) *sv.* (1) fight 8/28. (2) weigh 28/10.

vegr *m.* (1) road 12/22; **einn veg ... sem**: in the same way ... as, just as much ... as, both ... and 61/5. (2) honour; **þinn vegr**: conducive to your honour, to your credit 25/3.

veita (tt) *wv.* give (**e-t e-m**: s-thing to s-one) 5/17, 45/3, 67/7; provide 43/18; grant (a request) 18/23, 37/9, 46/1; inflict, show (s-thing towards s-one) 18/29.

veizla *f.* feast, official reception for a king *or* jarl; *pl.*, the king's 'progress' 26/24; **fara at veizlum** 34/3, **taka veizlur** 26/9, *see note to* 34/3.

veiztu *2nd pers. sg. pres. of* **vita** (= **veizt þú**).

vekja (vakða) *wv.* awaken (*transitive*); broach (a subject); **v. umræðu um**: bring up the subject of 66/12.

vel *adv.* well, properly 25/17, 33/11, 60/21; highly 5/4; easily, at least 20/15; quite 34/21; very 6/8; easily, without hesitation, without fear of dishonour 24/12; fortunately 35/27; favourably 29/1; **var vel**: it was a good thing 47/8; **vel koma**: *see* **koma**; **vel at sér**: having fine qualities 65/8; **vera vel til e-s**: treat s-one well, be friendly, well-disposed towards s-one, behave kindly towards s-one 43/10.

venda (nd) *wv.* turn, (re)direct *(with dat.)* 53/15.

vera (var) *sv.* be 5/3, 14/16; *pres. subj.,* **sér** 25/23; stay 5/18, 19/17, 39/14; *with gen.,* be made of 22/7; **er um hríð**: has been for a while 23/5; *as aux. of passive, with pp.,* 6/8, 23, 8/1; *p. subj.,* **ok væri**: and that there was (being) 33/14; *forming the perfect of intransitive verbs, with pp.,* 9/16, 10/3; *impers. with inf.,* **er at gera e-t**: one ought to do s-thing, one should do s-thing 24/28; **hverjum at gjalda var**: who was to be repaid 13/9; **at væri at gera e-t**: that one had to, that one needed to do s-thing 18/22; **vera at e-u**: be busy with s-thing 28/24; **vera í**: be present, available 39/11; **eiga e-t um at vera**: have s-thing to worry about 9/7 ('as if he had no care in the world, as if there was nothing to worry about').

verð *n.* price 11/9, 29, 27/6, 7.

verða (varð, *pp.* **orðinn)** *sv.* become 13/1, 29/17; be, turn out to be 37/1 (*see* **raun**), 44/9, 53/9; happen, turn out 60/19; comes, is caused, can be heard 27/23; **orðinn hlutr**: something that has happened (and is irretrievable); **sakast um orðinn hlut**: cry over spilt milk 13/28; **verða**

víss: *see* **víss**; *with inf. or* **at** *and inf.*: to have to do s-thing, be obliged, must, need to 18/5, 20/4, 28/9, 34/7, 37/15, 38/10, 57/5; *with pp. to form passive* 21/15, 33/21; **e-t verðr e-m á munni**: s-thing springs to s-one's lips, one lets out s-thing 54/25 ('she could not help uttering'); **v. fyrir**: become the object of, become subject to 5/7; **v. til e-s**: comply to s-thing, volunteer to do s-thing, be forthcoming for s-thing 6/12. *Impers.*, **e-m verðr at e-u**: one comes up against s-thing 23/15 *(see note)*; **yrði nökkut með stytti**: there was some coldness, they behaved rather coldly 30/14.

verðr *a.* worth, having a certain value; **þykkja mest vert**: value most highly, think it the most important thing 13/7; *with value in gen.*, **meira vert**: more important, of greater significance 24/29; **einskis verðr**: of no value; **láta þykkja sér einskis um vert**: let seem of no significance to one, take no notice of 21/8 *(see note)*; with **at** *and inf.*, worthy (to have s-thing), deserving of 24/23.

verja (varða) *wv.* (1) defend; **v. hendr sínar**: defend o-self (one's life) 8/27. (2) *with dat.*, invest 17/18 ('it won't take me long to invest it'). *Md.*, **hversu verst fénu**: how is your capital being invested, *i.e.* what cargo have you provided yourself with 17/17.

verk *n.* work, job 65/22.

verkdagr *m.* working day 57/22.

verr *adv. comp.* worse 23/25, 46/25.

verri *a. comp.* worse, less noble 26/4.

verstr *a. sup.* worst; **it versta**: of the worst kind 8/8.

vetr *m.* winter 17/7; year 9/27.

vetrgestr *m.* winter guest, lodger for the winter 44/29.

vexti *dat. sg. of* **vöxtr**.

við *prep.* (1) *with acc.*, with (*i.e.* in opposition to), against 14/9; in contact with, in proximity to 52/4; *(in speech)* to 6/9, 46/17; **mál við**: speech (interview) with 25/21; *(behaviour, attitude)* towards 6/11, 14/12, 55/13; **hræddr við**: afraid of 6/25; in connection with, present at 25/26; at, engaged in *(activity)* 26/11 *(perhaps dat.)*; off, near, by 27/17; *see under verbs*. (2) *with dat.*, towards, to meet; *see* **grípa, sjá, taka, þrífa**. (3) *as adv.*, in reply 30/11; **þar við, hér við**: on (in) that (this) matter 38/10, 20, 47/9; *see under verbs*.

Glossary 145

víða *adv.* widely, to many places 11/13, 59/9; in many places 58/17.
víðr *a.* wide, broad 57/20.
víg *n.* killing 8/3, 7, 14/11.
vigg *n.* horse *(poetical)*; **viggs faðir**: stallion 52/23.
víghugr *m.* murderous frame of mind, killing mood 28/16.
vígsbætr *f. pl.* compensation for a killing 8/13.
vígsvíti *n.* penalty for killing s-one 7/21.
víkja (veik) *sv. with dat.,* turn; **af v. leiðinni**: turn aside, change course 54/8; *intransitive,* **v. af**: turn aside *(i.e.* from the passage of the house), make one's way 54/17.
vilgis *adv.* very, all that 28/5.
vilja (ld) *wv.* wish, desire 7/5, 22/25; be willing 5/18, 7/13; will (be pleased to?) 66/10; intend 9/21, 10/7; intend to go, wish to go 27/12; decide to 7/16, 9/13; move to (do s-thing), make as if to 22/3; try to 9/18, 13/19; desire (to have) 55/4 *(cf. note);* **vilda, vildim**: would like 12/12, 45/25; **v. eigi**: refuse 10/9, 14/10; **sem hann vill**: as he pleases 27/1.
villa *f.* error, heresy 53/17.
vinátta *f.* friendship; **v. ykkur**: the friendship between you 24/29; **halda vináttu við**: remain friends with 14/12.
vinda (vatt) *sv.* twist, swing round 56/17 *(object* (it) *understood);* **v. upp**: hoist 28/23.
vingan *f.* friendship 19/15.
vingjarnligr *a.* friendly, conciliatory 24/9.
vingull *m.* horse's penis 52/14, 19, 22, 56/21.
vinna (vann, *pp.* **unnit)** *sv.* do, work 11/19; commit 8/16; cause 18/14; defeat; **hafði hann** *(acc.)* **unnit** *(impers.):* he had been beaten, it had been too much for him 20/29; **v. til e-s**: deserve s-thing, do s-thing to deserve s-thing 7/7; **v. yfir e-n**: overcome s-one 9/3. *Md.,* **vinnast til**: be sufficient for 11/29.
vinr *m.* friend 9/8, 38/27.
vinsæld *f.* popularity; *pl.,* 13/15.
vinsæll *a.* popular, having many friends 39/17.
vinveittr *a. (pp.)* bringing benefit, fulfilling a friendly intention 18/6.
virða (rð) *wv.* value, honour; **(var) vel virðr**: was highly honoured 5/5; regard; **hversu hann vill þat v.**: what he will think of that, how pleased

he will be 66/10. *Md. impers.*, **virðist e-m**: it appears to s-one, it is considered (rated) by s-one, s-one is pleased 45/26.

virðing *f.* honour, honourable treatment *or* high regard 17/6, 29/21, 67/10; reputation, position of honour (in the community); **halda virðingu**: continue to be highly thought of 13/4.

vísa (1) *f.* verse 52/19, 53/22, 55/20.

vísa (2) **(að)** *wv.* show, direct **(e-m til e-s**: s-one to s-thing) 12/22, 13/29; **hvar vísar þú mér til sætis**: where do you assign me a place, where shall I sit 5/20; **v. til**: indicate, show, witness 52/14; *impers.*, **vísar til**: is indicated, evidenced 51/2.

vísliga *adv.* for certain 7/9.

víss *a.* certain; **verða v.**: find out, get to know (*with gen. or noun clause*) 7/17, 12/14; **fyrir víst**: for certain 13/24; **at vísu**: definitely, indeed 66/25, certainly 22/25 ('at any rate'), 26/18; *n. as adv.*, **víst**: certainly 10/20; truly 35/26, 58/7, 66/5; for sure 24/15.

vist *f.* lodging 43/8; *pl.*, provisions, supplies 18/18.

vita (veit, vissa) *pret. pres. vb.* know 20/1, 30/1; be acquainted with 25/2; get to know, find out 36/26, 45/27; **veiztu**: do you know 36/9; **v. ef**: (in order) to see (find out) whether 60/10; **eigi má ek þat v.**: I cannot see, I do not accept 24/17, *cf.* **máttu v. at**: you can be certain of this that, you must (be able to) see that 24/15; **v. e-t fyrir**: know about s-thing in advance 33/23; **v. vánir**: *see* **ván**.

víta (tt) *wv.* penalise 19/22; *pp.*, **víttr**: awarded a penalty 8/1, 21/15, having incurred a penalty 21/24.

víti *n.* penalty 7/21; punishment 9/4; drink drunk as a penalty, sconce 21/16, 18; **gera e-m v.**: cause s-one to incur a penalty 21/26; *at 21/12 the word refers both to the offences for which penalties will be due and the nature of the penalties themselves.*

vítishorn *n.* a large drinking horn which anyone found guilty of a breach of the rules of the house was required to drain as a forfeit; sconce-horn 21/21.

vitni *n.* witness, testimony; **bera e-m v.**: bear witness about s-one, testify about s-one, give s-one credit for 29/6.

vitr *a.* wise, clever, intelligent 39/16, 43/5, 67/5.

vitrligr *a.* intelligent, showing intelligence 45/3.

Glossary

vitsmunir *m. pl.* wisdom, cleverness, intelligence 39/12.
vizkr *a.* wise, intelligent, clever 25/25.
vægð *f.* forbearance, charity, toleration 24/14.
vændiskona *f.* whore 20/19.
vænn *a.* promising; *comp.*, **at mitt sé vænna**: that my (position) will be better (have a better prospect) 28/6, *see note*; *comp. n. as adv.*, **því vænna**: the better (in prospect), the more pleasing 39/7.
vænta (nt) *wv.* expect, believe 9/17; hope *or* believe 12/2.
væta (tt) *wv.* wet, make wet 56/22.
völlr *m.* ground 52/16.
vöxtr *m.* growth, size, build; **mikill vexti**: large in build 29/4.
yfir *prep. with acc. and dat.*, over 10/4, 13/12, 28/15, 54/15; **y. sér**: on (one's person), over one's shoulders 65/18; *see* **gera, láta, sitja, vinna**; *as adv.*, 55/12 (*see* **langr**).
yfirbragð *n.* appearance, bearing 19/8.
ýkva *sv. (alternative form of* **víkja**) turn; **lát ý.**: change course 23/10, 13.
ýmiss *a.* various 11/14, 19/24.
yngri *a. comp.* younger 9/28.
yppa (t) *wv. with dat.*, lift up, push up, cock up 56/17.
yrði *p. subj. of* **verða**.
yrkja (orta) *wv.* compose (poetry) 6/12, 37/26, 39/17, 47/16.
yztr *a. sup.* furthest out, closest to the door (*cf.* **útar**) 54/19, 25, 55/7; outermost, most distant 61/5.
þá (1) *p. of* **þiggja** 67/9.
þá (2) *adv.* then 6/18 (at that moment), 36/24, 25; next 54/18; at that time 6/6, 19/26; now 9/13, 18/25; under these circumstances 8/28, 24/4; if that is so 10/21, 17/20, 28/9, 35/27, 36/22; therefore 10/18, 35/27 (2); **þá er, þá ... er, er ... þá** *as conj.*, (then) when 8/20, 9/22, 21/11, 22/21, 33/18; **ef ... þá**: if ... then (under those circumstances) 7/26, 12/12; *similarly*, **þá ... ef** 8/16, 33/21, **þá ef** 29/22, **þótt ... þá** (even so) 18/21, **hvárt sem ... þá** 29/9; **þá ... því sinni**: then on that occasion 30/14.
þá (3) *demonstrative pron. acc. sg. f.* 67/7 *and acc. pl. m.* 28/28.
þagna (að) *wv.* become silent, stop speaking 36/7.
þáguð *p. pl. of* **þiggja**.

þakka (að) *wv.* thank (**e-m e-t**: s-one for s-thing) 17/23, 28/18.
þambarskelfir *m.* (bow-)string shaker 5/15 (*nickname, cf. note*).
þangat *adv.* to that place, to it 10/11; **þ. til**: towards it 53/15; **þangat sem**: wherever, to whatever place 19/12, 44/2.
þannig, þannug *adv.*, thus (*often followed by* **at**-*clause*) 25/22, 46/7, 17.
þar *adv.* there 19/15, 43/16; here, to this place 38/27; in that matter 20/6; thus, with that 28/28. *With adv. preps.* **þar** *is equivalent to a n. pron.*; **þar á**: on it 38/4; **þar fyrir**: because of that, as a result 53/11; **þar með**: at the same time, in addition 25/1, 33/19; **þar við**: on that matter 38/10, 47/9. *With* **er** *or* **sem**, *as conj.*, **þar er**: where 65/16; **þar sem**: wherever 33/3, when, it being the case that 9/11; **þar sem Kali var**: in the case of Kali, when it was Kali 8/15; **þar ... er ek em**: to me (to do s-thing), in my direction, to where I am 8/12. *With adv. prepositions (or adverbs) and* **er** *or* **sem**, **þar fyrir er**: past where 20/12; **þar sem ... inni**: in which 38/25; **þar til er (sem)**: to where 27/20, until 36/7, 53/23; **þar sem ... undir**: under which 51/4.
þarfleysa *f.* what is unnecessary, not justified 34/11.
þatki at *conj.* when not even 24/11.
þáttr (*pl.* **þættir**) *m.* episode, anecdote, short story 3/1, 15/1, 31/1, 41/1, 49/1, 63/1.
þegar *adv.* immediately 26/22, 28/23; straight away 20/22; already 13/23; **nú þ.**: right at this moment 7/20, 28/1; *as conj.*, as soon as 36/6.
þegja (þagða) *wv.* be silent 6/20.
þeir *pron. pl.* they; **þeir konungr**: the king and his men 23/8, 26/11; **þeir Sveinn**: S. and his friends 26/14; **þeir Halldórr**: H. and his companions 26/23, he and H. 21/5; **þeira Haralds**: of him and H. 6/2; **með þeim Halldóri**: between him and H. 27/1; **þau konungr**: the king and queen 27/24 (*cf.* 27/21).
þekkja (kkt) *wv.* recognise, learn to know 60/22. *Md.*, be recognised 60/16; gladly accept, comply with 29/24, 34/15.
þiggja (þá) *wv.* receive, be given 38/18, 65/21; *subj. 3rd pers. pl. (or sg.) for imp.*, **þiggi**: may (they *or* he) receive 56/3; **þ. at** *or* **af e-m**: receive from s-one 66/8, 67/9; accept, listen to; **þér þáguð vel**: you received it kindly, were very receptive, a good audience, *or* it was good of you to accept it 37/8.

Glossary

þing *n.* meeting, assembly 9/20, 14/8; *pl.*, articles (of value) 55/4 *(see note)*.
þjá (ð) *wv.* enslave, make a slave 12/20. *Md.*, submit to slavery 10/9.
þjóð *f.* nation (*or* troop?) 59/20.
þjóðleið *f.* main road, high road 51/5.
þjóna (að) *wv.* serve *(with dat.)* 17/22, 24/10 (**til e-s**: for s-thing, in order to obtain s-thing, so as to get (earn) s-thing).
þjónusta *f.* service, being a follower 17/20, 23/7.
þjónustumaðr *m.* man in s-one's service, follower 29/16.
þó *adv.* though, yet, however 7/14, 8/18; nevertheless 25/19, 57/5; indeed (in spite of what one might expect, in spite of the way things are otherwise) 11/22, 20/17, 24; even (that one) 67/7; nevertheless, even so (in contrast to what has just been said) 11/24, 17/16, 44/9; **ok þó víðr**: and still large (in spite of being doughy and unrisen, *or* even taking that into account, even then; *cf. NN* 1451) 57/20; **þó at** *or* **þó as** *conj.*, although, even though 6/26, 59/9; *introducing the equivalent of a noun clause*, **þat ... þó at** (even though) 34/9.
þoka (að) *wv.* move aside; **þ. fyrir e-m**: give place to s-one 34/7.
þokka (að) *wv.* be well disposed (sympathetic) towards, have a good opinion of, look on with favour 22/24.
þola (ð) *wv.* suffer, put up with 7/1.
þora (ð) *wv.* dare *(with at and inf.)* 44/20.
þótt *conj.* though 20/4; **þótt ... þá**: though ... yet 18/19, 25/18.
þrennr *a.* three (sets *or* groups of s-thing), triple 26/20.
þrífa (þreif) *sv.* grasp; **þ. við c-u**: take hold of s-thing (that is being offered) 57/15.
þrír *num.* (*f.* **þrjár**, *n.* **þrjú**) three 10/1, 11/5, 23, 28/27.
þrýsta (st) *wv.* thrust; *imp.* **þrýstu** (= **þrýst þú**) 58/4.
þrældómr *m.* slavery 10/8.
þræll *m.* slave 10/15, 11/23, 13/7; servant 51/17, 55/11.
þröngva (ngð) *wv. with dat.*, squeeze, put under duress; *impers.*, **er þröngt kosti e-s**: things go badly for s-one, one finds one is being hard done by, gets into a tight corner 8/26.
þurfa (þarf) *pret. pres. vb. with gen. or at and inf.*, need 8/23; **þ. mikils við um**: be in great need as regards, be very short of 11/22; **ekki þarf**

þess: that is not necessary 28/11; **e-m þykkir þ. at**: one feels (finds) it necessary to 66/7; **þykkjast þ.**: feel one needs, feel the need of, want 25/8.

þurrka (að) *wv.* dry *(transitive)* 53/9.

þverliga *adv.* flatly, absolutely 5/11.

því *adv.* for that reason, therefore 6/8, 8/4; **því at, því ... at**, *as conj.*, because 6/26, 13/14; for this reason that 8/25, 11/16, 35/15, 45/25; for this reason, in order that 36/25; **því ... er**: for this reason ... that 44/19; **því meira ... sem gerr**: the more ... the better 36/26, *similarly* 39/7, 45/26.

þvílíkr *a.* such 11/9.

þý *f.* female slave 58/3.

þykkja (þótti) *wv.* seem 8/20, 10/23; be thought, be considered 12/29, 39/16; **e-m þykkir**: one thinks *(with nom. and inf.)* 12/4, 34/11, 35/5, 38/20, 66/14; *(dat. omitted)* 24/1; *(inf. omitted)* 13/7, 24/16; *(dat. and inf. omitted)* 27/14; **(e-m) þykkir illa**: one is displeased 5/12; **e-m þykkir sem**: it seems to one as if 67/6; **láta sér þ. (sem)**: *see* **láta**; **e-m þykkir (mikit) at (e-u)**: one is (greatly) displeased, angry, upset, *or* offended (by s-thing) 8/10, 24/8. *Md.*, **þykkjast** *with inf. or vb.* to be *understood*: think that one 11/8 *(see* **sjá***)*, 25/8, consider o-self (to be) 21/24, 22/14, feel o-self (to be) 20/2, 30/9.

þykkjumikill *a.* taking things to heart, inclined to respond violently 5/12.

þykkr *a.* thick 57/19.

þörf *f.* need 23/29.

ætla (að) *wv.* think 18/4, 35/16, 44/18; *with acc. (and inf.* **vera** *understood)* consider 34/9; **æ. þat**: think so 12/18; **máttu svá æ.**: you can be sure of this 23/1; expect, be certain 39/3; intend 14/9, 23/3; **hverjum er skipit ætlat**: for whom is the ship intended, to whom do you propose to give the ship 25/29; **æ. e-m e-t**: intend a job for s-one, assign a job to s-one 36/11 (**þat** *is the object of* **ætla**), 45/12 ('I was hoping you would do that'); intend to go (to a certain place *or* in a certain direction) 22/20, 23/21; *with inf.*, **æ. í brott ok ráðast**: intend (to go) away and join 24/2; *with* **at** *and inf.*, intend, be going to 13/18, 36/19; be about to 35/14, 52/15; expect to 17/18. *Md.*, **ætlast fyrir**: be planning, plan (to do) 23/20.

Glossary 151

ætt *f.* family (from which one is descended) 37/22, 46/ 22; descent 26/4.
ævi *f.* life 14/2; **er á líðr ævi e-s**: when one gets old 30/6.
ævintýr *n.* adventure, happening 6/1; story, tale 39/19.
öfundsjúkr *a.* envious, subject to jealousy 6/5.
ökkvinn *a.* lumpy, solid, doughy 57/19.
öndvegi *n.* place of honour 5/21.
örleikr *m.* generosity; *pl.*, 65/10, 12 (acts of generosity?).
örr *a.* generous, liberal, open-handed 66/15; *weak form, as nickname,* **örvi** 63/1, 65/4; *comp.*, **örvari** 66/21.
örvænn *a.* unlikely 8/28.
öx *f.* (*acc.* **öxi**) axe 65/19, 66/8.

INDEX OF NAMES

Aðal-Grímr *m.* chief Grímr, principal Grímr (pseudonym of King Óláfr) 59.
Árni *m.* 54.
Bárðr *m.* 20–25.
Bergljót *f.* 5–7, 9, 13, 14.
Bil *f.* name of a goddess (*SnE* 18, 39) 51; *see* 'seimr' *in glossary and note to* 51/14.
Björn *m.* 12 (*see* Flesmu-Björn).
Brandr *m.* 63, 65–7.
Brattaeyrr *f.* ('steep gravel bank') a promontory near the mouth of the Nið in the Trondheim district of Norway; *acc.* Bröttueyri 27.
Danaherr *m.* army of Danes 18.
Danakonungr *m.* king of the Danes 18.
Danir *m. pl.* Danes 10, 12.
Danmörk (*gen.* Danmerkr) *f.* Denmark 17.
Eilífr *m.* 5, 14.
Einarr þambarskelfir *m.* 5–10, 13–14.
Eindriði *m.* 8.
Englandsfari *m.* traveller to England, merchant trading with England 19.
Finnr Árnason *m.* 54, 58.
Flesmu-Björn *m.* 9 (cf. Björn).
Garðaríki *n.* Russia 17.
Gefjun *f.* a heathen goddess 57 (*see note*).
Geiri *m.* 37, 43, 46.
Gimsar *m. pl.* Gimsan, near Niðaróss (modern Trondheim), Norway 5, 13.
Glúmr Geirason *m.* 37, 43, 46.
Grikkland *n.* Greece 6.
Grímr *m.* (a traditional name for one travelling incognito) 58 (Finnr), 59 (Þormóðr); *pl.* 54, 55 (Finnr, Þormóðr and Óláfr).
Guðrún Ósvífrsdóttir *f.* 33, 43.
Gyllingar-Kali *m.* 6 (*see* Kali; **gylling** *f.* 'gilding').
Hákon jarl Sigurðarson *m.* 5, 13.
Halldórr Snorrason *m.* 3, 5–9, 14, 15, 17–30.
Haraldr Sigurðarson *m.*, king of Norway 1046–66 5–7, 14, 17, 19, 20, 29, 30, 33, 34, 38, 39, 43, 47, 65.
Haraldsslátta *f.* Haraldr's coinage 22 (**slátta** *f.* 'mintage of money').
Hjarðarholt *n.* a farm in western Iceland 29, 30.
Hlaðajarl *m.* earl of Hlaðir 5.
Ingunn *f.* 33.
Ísland *n.* Iceland 5, 14, 17–19, 24, 26, 27, 29, 43, 65.
Íslendingr *m.* Icelander 5, 34, 35, 37.
Jótland *n.* Jutland (mainland Denmark) 10.
Kali *m.* 6, 8, 14.
Kaupangr *m.* town in Norway (also called Niðaróss), modern Trondheim 17, 38, 47.

Index

Knútr Sveinsson (the great) *m*. king of Denmark 1018–35 54.
Kolbeinn *m*. King Óláfr Tryggvason's marshal 9, 11, 12.
Kolbrúnarskáld *n*. Kolbrún's poet (Kolbrún *f*. is a nickname used as a proper name, see note) 54.
Köttr *m*. 'cat', nickname used as a proper name (see **köttr** in glossary) 34, 44 (cf. Þórðr Þórðarson).
Lyrgja *f*. a place in Norway 25, 26 (*see note to* 25/20).
Lærir *m*. name of a (female) dog 52, 60 (*perhaps for* Hlerir, 'listener'?).
Magnús Óláfsson, king of Norway 1035–47 8.
Miklagarðr *m*. Constantinople 17.
Nið *f*. river in Norway 27.
Niðaróss *m*. ('mouth of Nið') town in Norway (*see* Kaupangr) 47, 65.
Norðmaðr *m*. Norwegian 12, 14.
Nóregr *m*. Norway 5–7, 12, 13, 17, 26, 29, 30, 33, 43, 51, 65.
Nóregsveldi *n*. domain, kingdom of Norway 61.
Óláfr *m*. (the saint), king of Norway 1015–30 8, 54, 55, 60, 61.
Óláfr Tryggvason *m*., king of Norway 995–999 *or* 1000 9, 13, 14.
Ormrinn langi *m*. ('the long serpent') Óláfr Tryggvason's ship 9, 10.
Óslóf. Oslo, Norway 26.
Ósvífr *m*. 33, 43.
Sigurðr sýr Hálfdanarson *m*., local king in Norway 5, 22, 43.
Sigurðr Hlaðajarl *m*. 5.
Snorri goði *m*. 3, 5, 15, 17, 22, 26, 29, 43.
Stúfa *f*. a poem 47 (*cf*. Stúfsdrápa).
Stúfr *m*. ('stump') 31, 33–39, 41, 43–47.
Stúfsdrápa *f*. a poem 39, 47.
Sveinn ór Lyrgju *m*. 25–27.
Sveinn *m*. (Haraldsson tjúguskegg, Forkbeard), king of Denmark *c*. 986–1014 10.
Sveinn Úlfsson (Estridsson) *m*., king of Denmark 1047–74 18.
Tryggvi Óláfsson *m*., local king in Norway, died *c*. 970 9, 13.
Upplönd *n*. *pl*. Opland, inland districts in eastern Norway 12, 43.
Vatnsfjörðr *m*. district in north-west Iceland 65.
Vermundr *m*. 65.
Vík *f*. Oslofjord 18, 46, 47.
Völsadýrkun *f*. worship of Völsi 51.
Völsi *m*. name given to horse's penis as an object of worship 49, 51, 53, 55–59 (perhaps related to **völr** *m*. 'staff', *see MRN* 317).
Þjóðólfr *m*. 65–67.
Þórðr köttr Þórðarson *m*. 33, 43 (see Köttr).
Þórðr Ingunnarson *or* Glúmsson 33, 43.
Þórir Englandsfari *m*. 19, 20.
Þormóðr Kolbrúnarskáld 54, 59.
Þrándheimr *m*. Trøndelag, district in Norway 26, 30.